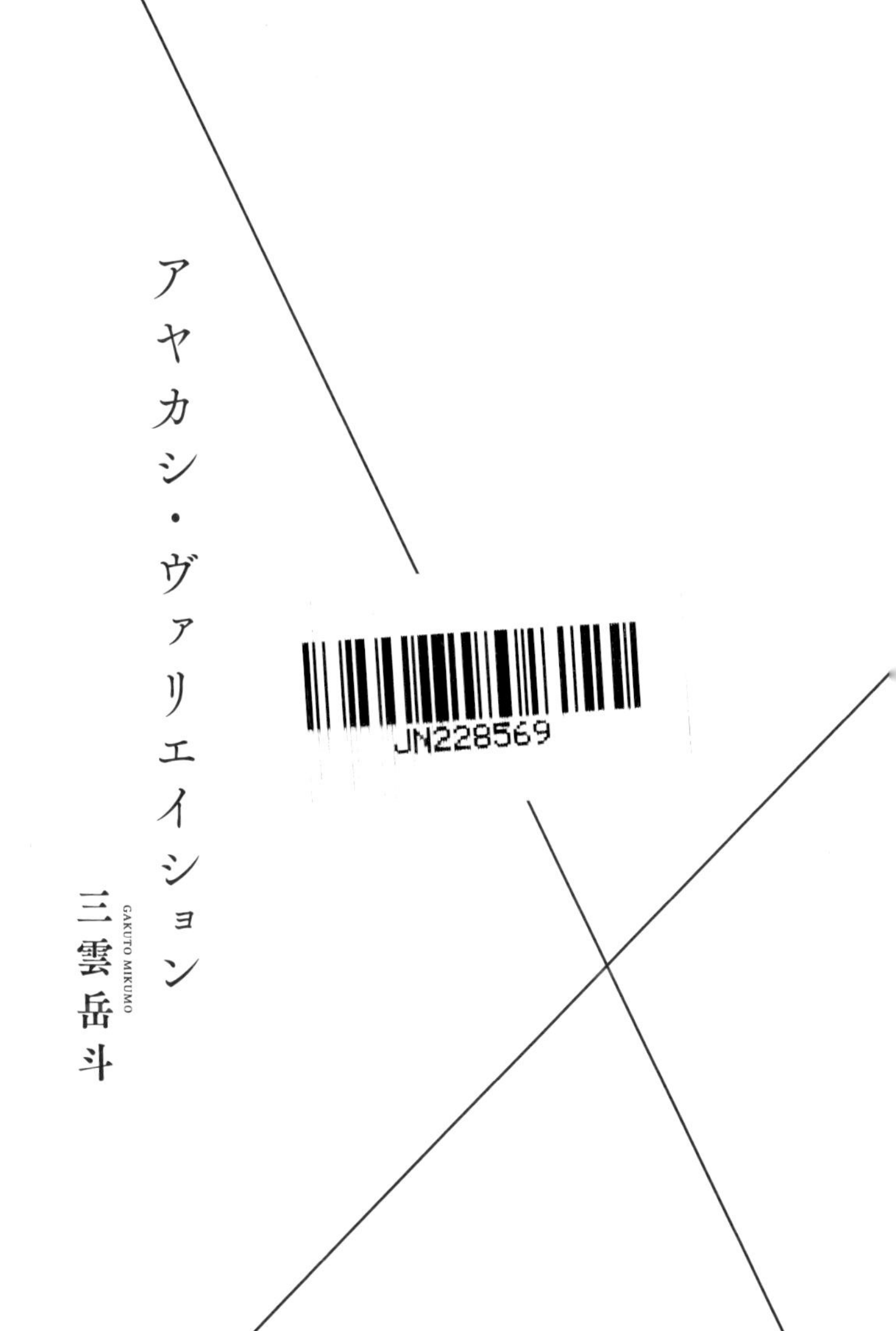
アヤカシ・ヴァリエイション
三雲岳斗
GAKUTO MIKUMO
JN228569

主な登場人物

真継晴

天涯孤独の謎多き青年。人間離れした美貌の持ち主。
幼いころから幾度となく大きな事故に巻き込まれ、そのたびに無傷で生還している。

和泉衛

特殊骨董処理業者「杠屋」の従業員。大柄で目つきの悪い威圧感のある男だが、
料理好きで繊細な一面を持つ。刀剣の扱いに長けている。

明無真緒

特殊骨董処理業者「杠屋」当主代理。晴と同じ大学の学生でもある。
モデル風の美人だが、人あしらいの上手いサバサバした性格。

水之江陸

特殊骨董処理業者「杠屋」の従業員。知的であまり感情を表に出さないタイプ。
和泉とは対照的な性格だが、信頼関係は強い。

加賀美祥真

特殊骨董処理業者「杠屋」の従業員。就職活動中の大学生のような
頼りない風貌の青年。和泉の横暴にしばしば振り回されている。

西原律歌

特殊骨董処理業者「杠屋」の従業員。エキゾチックな風貌の明るい女性。
加賀美とコンビを組んで行動している。

【ヴァリエイション】

variation

1　変動・変化

2　(生物の)変種・変異体

3　変奏曲

おまえは普通じゃない――

最初にそう言われたのがいつだったのか思い出そうとして、真継晴（まつぎはる）は考えるのをやめた。

それは晴（はる）が物心ついたころから、幾度となく投げかけられてきた言葉だったからだ。

真継晴（まつぎはる）には両親がいない。いわゆる天涯孤独という立場である。

だがそれだけならば、特別というほどのことではない。

肉親を亡くすのは悲劇的な出来事ではあるのだろうが、最初から彼らのことをなにも覚えていなければ、その悲しみを自覚することすらできないからだ。

晴（はる）の母親は、十九年前に事故で死んだ。

彼女と晴（はる）が乗っていた高速バスが、事故に遭って崖下に落ちたのだ。運転手と多くの乗客が命を落とし、生き残ったのは当時二歳にもならない晴（はる）だけだった。

ひとりだけ無傷で助かったことを、幸運と思うか不運と受け取るか、それは人によって様々だ。

だが仮に晴（はる）の運が良かったとしても、不幸なことではあったのだろう。

その事故をきっかけに晴（はる）の人生は、〝普通〟から、どうしようもなくはみ出してしまったのだから。

【壱】

その日、店を訪れたのは、やけに物騒な雰囲気を漂わせた客だった。

身長百九十センチに迫る長身の男だ。

どちらかといえば痩（や）せてはいるが、頼りない印象はまるでない。鋼（はがね）を鍛えて造ったような、引き締まった体つきをしている。暴力的なまでの獰猛（どうもう）さを予感させる肉体の持ち主だった。

歳（とし）は二十代の後半だろうか。葬式帰りかと思わせるような黒い背広を着て、安っぽいシャツの襟元（えりもと）を大きく開けている。

顔の造りは思いのほか端整だ。

いわゆる美形というわけではないが、人によっては魅力的という者もいるかもしれない。

しかし、目つきの悪さがそれを台無しにしている。

威圧感のある体格や、服装の趣味の悪さもあいまって、堅気（かたぎ）とはとても思えない。

おそらくヤクザかそれに近い職業の人間だと、ひと目、誰もが判断するだろう。

「開いてるか?」

入り口の扉を半分ほど押し開けて、男は店の奥へと呼びかける。

見た目の印象そのままの、低く、張りのある声だ。

寂(さび)れた商店街の片隅に建っている機械の修理屋だった。

古い民家を改装した小さな店である。

取り扱っている品は、機械式時計とクラシックカメラ。

八畳ほどの狭い店内には、壊れた道具たちが積み上げられて、静かに修理を待っている。

そのどれもが、骨董(こっとう)品に近い、使いこまれた品ばかりだ。

だからといって、特に高価なものというわけでもない。持ち主自身と、ごく限られた愛好家以外は、誰も見向きもしないようなガラクタばかりだ。

製造した企業からも見放されたそれらの品を、持ち主から預かって修理する。ここはそういう店だった。儲かる商売とは思えないし、実際、繁盛している気配はない。

ある意味、この店の存在自体が、時代錯誤な骨董品のようでもある。

機械油の臭いが漂う店内は薄暗く、時間の流れから取り残されて、澱(よど)んでいるようにも感じられた。平日の昼間にもかかわらず、開いてるか、と男が尋ねたのもそれが理由だ。

「少しだけ待ってもらえますか？」

カウンターの奥に座っていた人影が、男を見もせずに素っ気なく言った。

声の主は、まだ若い青年だった。白衣のような白い作業服を着て、作業台に向かっている。分解した写真機に嵌め込んだ、部品の位置を調整しているのだ。

そんな青年の姿を認めて、男は驚いたように眉を上げた。

恐ろしく綺麗な顔をした若者だった。

顎にかけての絶妙な輪郭。魅惑的で精緻な鼻筋。濡れたような薄い唇と、ガラス細工に似た透明感のある白い肌。眉は描いたようにくっきりと整っている。

特段、小柄というわけではないが、幼い少年のように細く華奢だ。

そのせいか、生身の人間という気がしなかった。生命のない人形を見ているような気分だ。息を止めるようにして、分解した写真機に向き合っているから、余計にそう感じられる。

黒服の男は、そんな青年を無表情に眺めた。

男の三白眼に浮かんでいるのは、興味よりも戸惑いの色だ。作り物めいた美貌のことを抜きにしても、寂れた修理屋の店主としては、この青年はあまりにも若すぎる。

しかし青年は、男の困惑に気づかないまま、黙々と作業を続けた。最後の部品の組み付けを終えて蓋を閉め、どこか安堵したようにホッと息を吐く。

「器用なんだな」

　青年が組み上げた写真機を見つめて、男が言った。色褪せた一眼式のレンジファインダーカメラ。七十年ほど前の品だろうか。錆びた部品を一点一点磨き上げ、正しく動くように組み直す。気が遠くなるほど地道で繊細な作業だ。

「いいえ。おれがしてあげられることは、これくらいしかないので」

　修理を終えたカメラをケースに戻しながら、青年は答えた。

　そして彼は、ようやく男の存在を思い出したようにゆっくりと顔を上げる。

　無造作に伸ばした前髪を透かして、色素の薄い瞳が見えた。意外なことに、男の厳つい人相を見ても、青年は特に表情を変えなかった。少し不思議そうに目を細めただけだ。

「修理をご希望ですか？」

　青年が男を見上げて質問する。見た目の印象よりはいくぶん低い、高価な弦楽器のような心地好い声だった。

「あんたがこの店の主人なのか？」

　男が面白がっているような表情で訊き返した。青年の年齢はせいぜい二十歳かそこらだろう。古道具の修理を生業にするには、いくらなんでも若すぎる。

「いいえ。おれはただの留守番です。お爺さん……店主は今は海外にいるので」

　青年は真面目な口調で言った。男がかすかに眉を寄せる。当てが外れたと言いたげな表情だ。

「海外？　買い付けか？」

「ええ。ですから、新しい仕事を引き受けることはできないんです。すみません」

青年が静かに頭を下げた。預かった品を修理できるかどうか、自分にはわからない、と彼は主張しているのだ。しかし黒服の男は平然と首を振る。

「いいんだ。修理を頼みにきたわけじゃない」

「そうなんですか？」

「ああ」

男は、背広の内ポケットから写真を一枚取り出した。それを青年の手元に置く。飴色に色褪せた古い写真のデジタルコピーだった。映っているのは美術品。漆塗りとおぼしき小さな箱だ。

「これは？」

「なんだかわかるか？」

青年を試すような口振りで、男が訊いた。

写真を手に取って、青年はじっとそれをのぞきこんだ。無感情にも見える青年の瞳の奥に、かすかに好奇心の輝きを認めて、男は微笑む。この作り物のように綺麗な顔立ちの青年が、初めて見せた人間らしい振る舞いだったからだ。

「櫛笥（くしげ）……ですか？　ずいぶん古いもののようですが」

青年が顔を上げて男を見返した。男は感心したように息を吐く。

櫛笥（くしげ）とは、櫛（くし）や化粧道具を入れておく小箱のことだ。古くは平安時代以前から使われており、文化財としての価値を持つ作品も少なくない。

「若いのによく知ってたな。櫛笥（くしげ）なんて」

「古い道具が好きなので」

「そのようだな」

雑然とした店内を見回して男はうなずいた。

狭い店内に積み上げられた無数のガラクタと交換部品たち。とても快適な職場とは言い難い。古道具が好きでなければ、たとえ仕事だとしても長居したくはない環境だろう。

「実物を見たことは？」

写真を見つめたままの青年に、男が再び問いかけた。青年は残念そうに首を振る。

「ありません。美術品を扱うような店ではないですし」

「なるほど」

男は小さく肩をすくめた。

　写真に映っている小さな櫛笥は――仮にそれが本物だとすれば、作られてから最低でも数百年は経っている代物だ。由緒のある神社や博物館ならまだしも、町のカメラ修理屋に迷いこんでくるような道具ではない。それは最初から誰の目にも明らかだ。

　それでも男は、なぜかすぐには引き下がらなかった。

「こいつを持ってそうな人間の心当たりもないか？　噂程度で構わないんだが」

「わかりません。店主なら知っているかもしれませんが……すみません」

　青年が困ったように目を伏せた。気にするな、というふうに男は手を振って笑う。

「いや、こちらこそすまなかった。邪魔したな」

「あの、写真……」

　店を出て行こうとする男の背中を、青年が呼び止めた。

「やるよ。なにかわかったら連絡してくれ」

　男は一瞬だけ立ち止まって右手を振り、そのまま振り返らずに店を出て行った。

　威圧感のある男の姿が消えると、狭苦しい店内が急に広く感じられる。

「…………」

　青年は手の中に残された写真を眺めて、小さく溜息を洩らした。

　何気なく写真を裏返し、そこに書かれていた文字に気づく。

電話番号とおぼしき十桁の数字。そして漢字が一文字だけ。

陽に灼けて薄れたその文字は、杠、と書いてあるように読めた。


【弐】


杠屋。

杠と書いて、あかなしと読む。

横浜の山手で商売を営む小さな骨董品店だ。

正確には、彼らの商売は、特殊骨董処理業と呼ばれている。

普通の骨董品を売り買いする者を骨董屋と定義するならば、普通ではない骨董品を取り扱うのが、特殊骨董処理業者ということになる。呪いや祟りの噂が絶えない、いわくつきの古道具――文字どおり特殊な骨董品を処理する仕事ということだ。

そんな杠屋の社用車が、民家に挟まれた小さなコインパーキングに窮屈そうに停まっていた。国産の大型四輪駆動車。角張ったデザインが特徴的な旧型ランドクルーザーだ。

修理屋を出た和泉衛は、道路を渡ってそのランクルへと向かった。うだるように暑い午後だった。

駐車場に辿り着くまでのわずかな時間で、じわりと汗が噴き出してくる。

照りつける陽射しが地面を灼き、歩道の上でゆらゆらと陽炎が揺れている。

幸いなことに駐車場は日陰になっていて、車の周囲は比較的涼しい。

和泉は、背広の上着を脱ぎながらランクルのドアを開け、運転席へと乗りこんだ。

「戻ったぜ、水之江」

後部座席に向かって呼びかけると、そこに座っていた人物が静かに顔を上げた。

細身の英国式スーツを、流麗に着こなした男だった。蒸し暑い車内にいたにもかかわらず、汗一つかかずに平然としている。

さすがに百八十六センチの和泉には及ばないが、その男もかなり背が高い。

見た目の年齢も、和泉と大差ない。ともに二十代後半といったところか。

着ているスーツの色も同じ。

しかし水之江と呼ばれた男と、和泉の印象は驚くほど違う。

ほっそりした長身と、鋭角的な顔立ち、リムレスの眼鏡をかけた水之江には、いかにも知的でスマートな印象がある。街のチンピラめいた和泉とはまさしく水と油だ。

もっとも和泉にいわせれば、性格の悪さでは水之江の圧勝ではあるのだが。

「真継晴には会えたのか？」

その水之江が、膝の上に置いたタブレット端末から目を離さずに訊いてくる。

炎天下の中を歩いてきた和泉に対する、ねぎらいの言葉も気遣いもない。水之江のそういう部分が和泉は不満だが、文句を言ってどうにかなる相手とも思っていなかった。

「いちおうな」

和泉は、指先で襟元を緩めながら気怠く答える。

「直接、名前を聞いたわけじゃないが、まず本人で間違いない。噂どおり綺麗な顔をしてたぜ」

「そうか」

無愛想にうなずく水之江を、和泉は振り返って半眼で睨みつけた。

「真継晴か……あいつは何者だ？」

「市内の大学の学生だ。理工学部の三年に在籍している」

「俺の言い方がまずかった。あいつは本当に人間か、って訊いてるんだよ」

はぐらかすような相棒の物言いに、和泉は声を低くした。

水之江が顔を上げて和泉を見る。

「それを確認に行ったんだろう？　どう思った？」

「生身の人間なのは間違いねえよ。少なくとも俺たちの同類には見えなかった。人間離れした見てくれをべつにすればな」

和泉は投げやりな口調で言った。

薄暗い修理屋の片隅で、古い写真機を見つめていた真継晴の横顔は、客観的な事実として、馬鹿馬鹿しいほどに秀麗だった。事前に話を聞いていなければ、驚きのあまり声を上げていたかもしれない。

野郎の顔になど無関心な和泉ですら、それほどの衝撃を受けたのだ。異性の目には、さぞ魅惑的に映ることだろう。

だがそれは、雑誌モデルやタレントに求められるような、わかりやすい陽性の魅力ではなかった。真継晴が備えているのは、もっと妖しげな、魔性を帯びた人外の美貌だ。

「匣については？」

和泉の報告には特にコメントせず、水之江は一方的に話題を変えた。

「それらしい気配は感じなかったが、そちらは正直よくわからんな。なにしろ店中に古道具があふれかえってたんだ。あの中にまぎれこまれたら、簡単に見つけられる気がしねえよ」

取り散らかった修理屋の店内を思い出し、和泉はうんざりと息を吐いた。

「だいたいなんで俺に行かせた？　失せ物探しはおまえの領分だろう？」

「そう思ったから、貴様の仕事につき合ってやっているつもりだが？」

水之江が澄まし顔で答えてくる。

「車の中で引きこもってるだけじゃねえか」

非難がましく言い返す和泉を、水之江は表情も変えずにじっと見返した。

「ほかには？」

「ああ？」

「ほかになにか気づいたことはなかったか？」

「さあな。匣の写真を見てもほとんど変化がなかったし、あれは本当になにも知らないみたいだな。演技が上手いタイプにも見えなかったしな」

和泉は露骨に不機嫌な顔をしながらも、相棒の問いかけに律儀に答える。

「ふむ」

「ただ、店の中にある古道具からは、ずいぶん懐かれていたな。あの坊やが店主といわれても不思議じゃなかったぜ」

「興味深い話だ」

水之江が口元に手を当てて低く唸る。

「真継晴には両親がいない。彼の母親は未婚のまま彼を産んだし、その母親も彼が幼いころに、バスの転落事故で亡くなっている」

「らしいな」

和泉は小さく鼻を鳴らした。

十九年前に起きたその事故のことは、和泉もうっすらと覚えている。

中央自動車道を山梨方面に向かっていた高速バスが、暴走して崖下に落ちたのだ。四十人近い乗客のほとんどが、命を落としたと報道された。事故の直接的な原因は車体の整備不良だが、運転手の過酷な勤務実態が明るみに出て、ちょっとした社会問題にもなった。

当時二歳だった真継晴は、母親とともに、その事故に巻きこまれていたらしい。

「それ以来、彼は施設を転々として暮らしていたそうだ。幼いころから綺麗な顔立ちをしていたから、里親のなり手は多かったらしいが、いずれも上手くいかなかったと聞いている。そんな真継晴を最後に引き取ったのが――」

「あの修理屋の店主だったんだろ」

駐車場の斜向かいに見える小さなカメラ修理屋を、和泉は顎で指し示した。

和泉が渡された資料によれば、真継晴は、高校に入る直前に今の住所に越している。修理屋の店主は、当時から気難しい老人だったらしいが、不思議と晴とは気が合ったそうだ。単に変わり者同士で上手くいったのか、それともほかに理由があるのか、和泉たちにはよくわからない。ひとつだけ確実にいえるのは、その老人以外に、晴を受け入れる者はいなかった、ということだけだ。

「真継晴が里親と上手くいかなかった理由が、妖かしがらみかどうかを気にしてるのか？」

和泉が表情を硬くして訊いた。

「彼は、怪我をしたことがないそうだ」

水之江が淡々と答えてくる。和泉は怪訝そうに首を傾げた。

「怪我をしたことがない？」

「些細な打撲や擦り傷程度はどうかわからないが、それ以上の大きな傷を負ったことは、これまでに一度もないそうだ。彼の母親が命を落としたバス事故でも、真継晴は無傷で生き残った。それ以降も何度か大きな事故に巻きこまれているが、彼が負傷したという記録はない」

「単に運が良かったで済む出来事も、それが二度、三度続くと、さすがに気味悪がられるか」

和泉が顔をしかめて言った。水之江は小さくかぶりを振る。

「そもそも本当に運が良かっただけなのかどうかもわからない。真継晴が、修理屋に集まっていた古道具に懐かれていたという話、気になるな」

「考え過ぎだと思うがな。懐かれてるとはいっても、あの程度ならめずらしくもないぜ」

和泉は気のない口調で言い足した。

懐くというのは、和泉たちが日常的に使う慣用語だった。

道具に愛着を感じる持ち主がいれば、道具もその想いに応えようとすることがある。長く使われた道具であればあるほど、その傾向は強くなる。だからといって、妖しげな力を発揮するほどの段階には至っていない――そのような状態を、和泉たちは懐いていると呼んでいる。

懐かれるかどうかは個人差があって、道具に好かれやすい人間もいれば、そうでない者もいる。なかには無条件に道具に懐かれる者もいる。真継晴はおそらくその類いの人間だ。古い道具が集まる修理屋は、そんな晴にとって居心地のいい場所だったはずだ。店主との関係が上手くいったのも、案外それが理由なのかもしれない。

「それにしても真継晴の過去なんて、いったいどうやって調べたんだ？」

和泉は、ふと気になったように水之江を見た。

水之江が、手元のタブレット端末を指で弾く。

「かつての里親や学校関係者がＳＮＳに残した書きこみ。それに施設の職員同士のやりとり。彼の容姿は目立つからな。検索するのは難しくなかった」

「占術盤がハッキングで情報を集めるのか。世も末だな」

和泉は皮肉っぽい声で指摘した。水之江は小さく冷笑し、

「卜占の類いというのは昔からそういうものさ。あらかじめ間者を使って集めておいた情報を、超自然的な力で言い当てたかのように装ったり、サクラを使って口裏を合わせたり
——占術だ呪いだと偉ぶってみても、やってることはその程度だ」

「夢のない話だ」

和泉が呆れたように唇を曲げる。

「だったら真継晴の不死身にも、なにかしらの絡繰りがあると考えるのが自然じゃないのかよ」

「そうだな」

水之江は、意外にも和泉の主張を素直に受け入れた。

「絡繰りはあるだろう。それが超自然的な力でないとは限らないが」

「俺やおまえと同じように、か」

「そうだ」

混ぜ返すような和泉の自虐的な物言いにも、水之江は冷静に答えてくる。

和泉は短く息を吐き出して、

「まあいいさ。真継晴が本当に傷つかないというのなら、護衛の必要もないってことだからな。見張りなんて適当に切り上げて、加賀美あたりと交代しようぜ」

「待て、和泉」

リクライニングしていたシートを戻して帰り支度を始めた和泉を、水之江が鋭く制止した。

「なんだよ？」

和泉は不満そうに訊き返す。

水之江は後部座席から身を乗り出して、修理屋の建物の前を横切る一台のトラックを睨んでいた。大量の土砂を積みこんだ大型のダンプトラックだ。

「あのトラックの動き、変だと思わないか？」

「トラック？　道にでも迷ったのか？」

和泉は運転席のドアを開けて、車を降りた。

灰色のダンプトラックは、そんな和泉たちの前をゆっくりと通り過ぎていく。地図を片手に目当ての住所を探しているような動きだ。

商店街沿いの市道は、それほど広くない。乗用車同士がすれ違うだけでもギリギリだ。野太いエンジン音を響かせるダンプトラックの巨体は、その道幅を埋め尽くすような威圧感がある。

運転する側としても気を遣っているのか、トラックは速度を落としたままジリジリと進み、やがて和泉たちの前をゆっくりと通り過ぎた。

そのまま二百メートルほど進んで、交差点を曲がる。

「行ったか」

ガリガリと前髪をかき上げて、和泉は安堵の息を吐く。

しかし車内に戻ろうとした和泉の背後で、グォォン、と獣めいた排気音が轟いた。

振り返った和泉が目にしたのは、猛烈な勢いで迫ってくるトラックのフロントグリルだった。

交差点で切り返して向きを変えたトラックが、再び商店街に向かって加速したのだ。

「なんだ……？　ちょっと待て……あいつ、なにを……!?」

「まずい！　奴の狙いは……！」

水之江が慌てて車から飛び出してくる。しかし迫り来るトラックの巨体を前に、和泉たちができることはなにもない。

通りかかった対向車が、トラックを避けようとして歩道に乗り上げた。

鳴り響く抗議のクラクションを無視して、トラックは更に加速する。その進路上にあるのは、民家を改装して営業している小さな写真機の店。真継晴のいる修理屋だ。

トラックはいっさい減速することなく暴走を続け、正面から修理屋へと突っこんだ。

ガラス窓が一瞬で粉々に砕け散った。建物の壁を紙のように突き破り、トラックの運転席が修理屋の建物へと飛びこんでいく。それでも暴走トラックは停止しなかった。エンジンが苦悶するように唸りを上げ、撒き散らされた排気ガスが周囲を白く煙らせた。駆動輪がジリジリと回転を続け、修理屋の建物そのものを押しこんでいく。

荷台の半ばまでを店の中へとめりこませ、建物全体が斜めに傾いたところで、ようやく力尽きたようにエンジンが停まった。そして眩い閃光が煌めき、トラックの車体が炎に包まれた。瓦礫と化した建物の隙間から黒煙が噴き出し、異臭が周囲に漂い始める。

和泉たちは路上に立ち尽くしたまま、その光景を呆然と眺めていた。

「真継……晴……なんてこった……くそ！」

ついさっき言葉を交わしたばかりの青年の美貌を思い出し、和泉が吼えた。

炎は今や、修理屋の建物すべてを覆い尽くす勢いで燃え広がっていた。

【参】

「警察だ、水之江！　いや、消防署か!?」

　和泉が放心していたのは、おそらく十秒にも満たないわずかな時間だった。ハッと我に返ると同時に、背後に立っていた水之江に向かって、怒鳴るような勢いで喚き散らす。

「どちらにももう連絡済みだ。最初の消防車はあと九分で着く」

　水之江が平静な口調で言った。トラックが修理屋に突っこむ気配を感じた瞬間、彼は即座に通報に取りかかったらしい。だからといって、それが目の前で起きている惨事に対する救いになったわけではない。

「九分かよ。あのイカれた運転手と真継晴が消し炭になるには、十分過ぎる時間だな」

　和泉が頬を歪めて言った。洩れ出した燃料に引火したことで、建物を包む炎は勢いを増している。全焼するのも時間の問題だ。

　しかし、水之江が九分と予告したからには、消防車の到着には必ず九分かかるのだ。

　建物の中にいた真継晴が、自力で逃げ出してくる気配はない。

　このままでは間違いなく炎に巻かれて命を落とすことになる。それ以前に、彼が瓦礫に押し潰されているという可能性も捨てきれない。

「妙だな」

　焦る和泉のすぐ傍で、水之江がぼそりと呟いた。和泉は横目で相棒を睨む。

「なにがだ？」

「仮にトラックが民家に突っこんだとして、こうも簡単に火を噴くものなのか？」

「そんなことを気にしてる場合かよ！」

和泉は乱暴に言い捨てて、炎上している建物のほうへと駆け出した。

「なにをする気だ、和泉？」

「真継晴を引っ張り出す！　おまえも手伝え！」

「いいだろう」

水之江が、渋々と溜息まじりに追いかけてくる気配がする。そののんびりとした足取りに、和泉は八つ当たりめいた苛立ちを覚えた。

しかし建物に近づいたところで、和泉は立ち止まって途方に暮れた。

店の入り口は、トラックの巨体に完全に塞がれてしまって通れない。そもそも瓦礫に埋め尽くされた店内には、和泉が入りこめる空間が残されていなかった。

「最悪だな。店の中は完全に潰れちまってる。これじゃ火が回る前に生き埋めだ！」

降り注ぐ火の粉を手で払いながら、和泉が荒々しく喚き散らす。

周囲の住民や商店街を訪れていた客たちも、事故に気づいて道路に飛び出していた。しかし彼らも、炎上する修理屋とトラックを、呆然と眺めているだけだ。

「こっちだ、和泉！　真継晴はこの奥にいる！」

立ち尽くしていた和泉を、思いがけない方角から水之江が呼んだ。

彼が指さしていたのは、店の裏手。真継晴がいた作業場よりも、さらに奥まった場所だった。店に突っこんだトラックも、さすがにそのあたりまでは達していない。

しかしその付近には、人が通れそうな出入り口も窓もない。建物全体が傾いでいるため、裏側から回るのも無理そうだ。

「使え」

戸惑う和泉に、水之江がなにかを放り投げてくる。

それは木綿製の布袋に収められた日本刀だった。鞘も拵えも、ずいぶんくたびれて色褪せているが、まぎれもなく本物の真剣だ。杠屋が取り扱っている骨董品の打刀である。

和泉が社用車に積んであったものを、わざわざ持ち出してきたらしい。これが必要になることを、水之江は最初から知っていたのだ。

「水之江、どこを斬ればいい？」

刀を受け取った和泉が訊く。

水之江は無言で、傾きかけた壁の一部を指さした。

修理屋の建物の外壁は、町家造り風の木壁だった。柱の位置はわかりやすいが、日本刀程度で簡単に破れるようなものではない。しかし和泉は無造作に刀を抜き、相棒が指し示した場所を無表情に眺めた。抜き身の刃が、燃えさかる炎を映して異様な輝きを放つ。

「ひとりでいけるか?」

水之江が背後から問いかける。めずらしく和泉を気遣うような声だ。

「まあ、やってみるさ」

和泉は気負いのない口調で言って、構えた刀を逆袈裟に一閃した。

続けて袈裟懸けにもう一閃。居合道の手本のような美しい構えではないが、それでいて力の滞りのない恐ろしくなめらかな動きだった。

形容しがたい美しい響きを残して、和泉が握る刀は木壁を抉った。

「……どうだ?」

和泉がゆっくりと刀を鞘に収めた。広直刃、小乱交じりの刀身に刃こぼれはなく、木屑すら付着していない。

和泉が斬ったのは壁の中央に走る柱一本だけ。

だが、その柱が倒れると同時に、凄まじい勢いで木壁が裂けた。トラックの激突で傾いた建物の重みに耐えきれず、壁が一面まるごと崩れ落ちたのだ。

梁や屋根瓦が重力に引かれて次々に落下し、和泉はそれらを避けるために後ずさる。

このまま建物ごと倒れてしまいそうにも思えたが、残った壁や柱が持ちこたえた。倒壊した壁の穴を瓦礫が塞ぎ、結果的にかろうじて人が通れる程度の隙間が残される。

役目を終えた刀を水之江に投げ渡し、和泉は、燃え盛る建物の中へと足を踏み入れた。

「くそ……煙がやべえな」

壁の隙間から奥をのぞきこみ、和泉は舌打ちする。

修理屋の建物の中には火災による黒煙が充満し、内部の様子は見通せない。

どうやらそこは、予備の部品や修理機材を置いておくための倉庫のような場所らしい。ただでさえひどく狭い上に、トラックの激突で棚が崩れて壮絶な状態になっている。まるで雪崩の跡を見ているようだ。

「急げ、和泉。火の勢いが増している」

背後から水之江の警告が聞こえてくる。炎が燃え広がっていることは、壁越しにもはっきり感じられた。炎上したトラックから燃え移った炎が、建物全体を包みこもうとしているのだ。

「急いでるさ！　だけど、この瓦礫の中から、いったいどうやって真継晴を探せば……！」

反射的に怒鳴り返そうとした和泉は、不意に驚いて言葉を切った。そのまま呆然と黙りこむ。

「和泉？　どうした？」

訝しげに問いかけてきた水之江が、和泉の見ているものに気づいて沈黙した。

壁からにじみ出す炎に照らされていたのは、床の上に倒れた真継晴だった。

トラックが激突した際の衝撃で、投げ出されるような形になったのだろう。彼は意識をなくしている。しかし目立つ怪我はない。崩れ落ちた建物の破片も、飛び散った荷物も、彼の上に降り注いではいなかった。まるで晴にぶつかるのを恐れたかのように、彼の周囲だけに綺麗に積み重なっている。それどころか、トラックの激突から彼を守ったようにも感じられる。


「無傷……だと？」

和泉が低くうめきを洩らした。

「真継晴は傷つかない……か。なるほどな」

水之江が感心したように息を吐く。

「どういう絡繰りだ？　こいつは普通の人間なんだろう？」

和泉は、晴の隣に屈みこんで周囲を見回した。

真継晴が、妖しい超自然的な力を発揮した痕跡は感じない。

彼は倉庫にいたことで偶然トラックとの激突を免れ、降り注ぐ破片は偶然にも彼に命中しなかった。そして倒れた棚が通路をふさいだことで火災に巻きこまれず、偶然にも焼死を免れた。それ以外に説明しようのない状況だ。

「和泉、出るぞ。これ以上はもう建物が保たない」

困惑する和泉に、水之江が言った。

「わかってる」

和泉は、晴の身体を肩に担いで立ち上がった。

周囲の温度は、すでに耐えきれないほどに上がっている。立ちこめる煙で出口を見失う前に、この建物から脱出しなければならない。

外に向けて歩き出そうとした和泉の周囲で、囁き声のようなかすかな気配を感じた。

炎の中に残された、古道具たちの気配だった。

晴に向けての惜別の念。

それはまるで和泉に向かって、晴を頼むと懇願しているようにも感じられる。

「ああ、わかってるさ」

和泉は口の中だけでそう呟いて、炎に包まれた建物を後にした。

建物の天井が燃え落ちて、倉庫を押し潰したのはその直後のことだった。

【肆】

炎と煙。ディーゼル燃料の燃える臭い。

それが彼の覚えている、もっとも古い記憶だった。

その日の彼は、おそらく死にかけていたのだと思う。

視界は自分の流した血で赤く染まり、冷え切った身体には感覚がなかった。

唯一感じるのは、自分を抱きしめている女性の温もりだけだ。

とても美しい人だった。

血まみれで傷ついていても、彼女は、なおも美しかった。

「お願い……イ……オウ……」

その美しい女性が、奇妙な言葉を口にする。

誰かを必死に呼ぶ声だ。祈るような叫びの声だった。

赤く染まった彼の視界を、黒い影がうごめいている。女性はその影へと呼びかけているのだ。

「カイ……オウ……この子を、どうか……」

彼女の声が、力尽きるようにか細く消える。

周囲の炎が勢いを増し、死の臭いが強さを増す。

目には見えない闇色の影が、自らにまとわりつくのを彼は知覚した。

それは漆黒の塵だった。世界からうち捨てられた存在だった。

しかし、その影は、決して彼の中に入ってこようとはしなかった。

選択を迫っているのだと、彼は感じた。

温かな腕に抱かれたまま、ここで灰となって消えるのか。それとも影を受け入れて、新たな〝カイオウ〟となるのか。影は、その選択を彼に委ねているのだ。

その影の正体を見極めようとして、彼はそれが誰でもないことに気づいた。

炎越しに彼をのぞきこんでいたのは、塵ではなく、自分自身の影だった。

燃え落ちた車の残骸の中で、彼は自分自身と向かい合っていた。

そして彼は、そんな自分自身に手を伸ばした。

柔らかな温もりから抜け出して、独りきりで生きること。たとえ塵となってでも。

それこそが、彼女の最期の望みだと気づいたからだ。

自分自身の中に影が入りこむのを、彼は感じた。

否、その影は、最初から彼の中に存在したのだった。

それは彼の中で膨れ上がり、彼を新たな〝王〟へと変えた。

奇妙な静けさの中で、真継晴は瞼を開けた。

常夜灯の仄かな明かりが、ぼんやりとした視界の片隅に映る。殺風景な白い部屋だった。

ベッドに横たわっていることを自覚するまで、少し時間がかかった。

窓はなく、外の様子はわからない。頭上に置かれた見知らぬ機械から、晴の腕に向かってカラフルなコードが延びている。晴の心臓の鼓動に合わせて、ディスプレイの表示が明滅する。

自分がそこにいる理由を、すぐには理解できなかった。

意識をなくす前の記憶が、断線したように途切れている。晴がかろうじて思い出せるのは、建物の壁を破って襲いかかってくる巨大なトラックの姿だけだ。

全身を襲う衝撃の余韻が、身体の奥に今も残っている。

建物が砕け散る落雷めいた轟音と、蹂躙される古道具たちの悲鳴も——

そのとき晴の脳裏をよぎったのは、またか、という諦めにも似た苦悩と絶望だった。自分はこれまでにあまりにも多くのものを失い、そしてこれからも失い続けるのだ。

「——目が覚めた?」

すぐ近くから声がして、晴はそちらに視線を向けた。

ラフなタンクトップ姿の若い女が、ベッドのすぐ傍のパイプ椅子に座っている。

薄闇の中でもはっきりとわかる、際立った美貌の持ち主だった。百七十センチ近い長身で、手脚がすらりと細く、長い。何気ない仕草のひとつひとつが、しなやかな獣を連想させる。

「調子はどう？　痛むところはない？　いちおう身体には異常はないって話だったけど」

人懐こい微笑みを浮かべながら、女が晴に語りかけてくる。

「ここは……？」

晴は起き抜けのかすれた声で訊き返した。

「病院よ。うちの知り合いがやってる診療所。本当は妖かしの治療が専門だけど、腕はいいから心配しないで」

「あや……かし……？」

「衛からなにも聞いてないの？」

女がかすかに首を傾げて、咎めるような視線を背後に向けた。その動きで、晴は部屋の中にもうひとり誰かがいることに気づく。

「説明してる時間なんかなかったんだよ」

壁際に立っていた男が、溜息まじりの口調で女に言い訳した。彼が壁のスイッチを操作して、薄暗かった病室に照明が灯る。

黒い背広を着た、背の高い男だった。

顔貌は存外に整っているが、素の表情が険しく、とにかく目つきが悪い。暴力を生業にしているといわれても、さほど違和感はない容姿の持ち主だ。

警戒して当然の相手だが、晴は不思議と彼を恐ろしいとは思わなかった。

強烈な存在感に圧倒されはするが、それは頼もしさにも通じていた。近寄りがたさを感じる一方で、傍にいると奇妙な安心感がある。厳つい建設機械や、工具――あるいは刃物のような印象の男なのだ。

「また会ったな、真継晴。真継晴でいいんだよな?」

男がぶっきらぼうな口調で尋ねてくる。

晴は無言でうなずいた。男のことは覚えていた。修理屋の店番をしていた晴に、奇妙な櫛笥について訊いてきた人物だ。

「あのあと、おまえの店に暴走したトラックが突っこんだんだ。たいした怪我がなかったのはせめてもの救いだが……災難だったな」

男が同情するように息を吐く。

「店の写真機や時計は……？」

晴は思わず身を乗り出して訊いた。

男の説明が事実なら、晴が意識を失う前に見た光景は現実に起きた出来事ということになる。

破壊された修理屋の建物と、事故に巻きこまれた機械たちがどうなってしまったのか——なによりもそれが気になった。

男は少し面喰らったように沈黙して、それからゆっくりと首を振る。

「トラックの燃料に引火して、建物はほぼ全焼だそうだ。残念だが、商品はもう駄目だろうな」

「そう……ですか……」

晴は弱々しく呟いて肩を落とした。

失ったものの大きさに目眩がする。

あの小さな古い写真機店は、晴にとって心から安らげる唯一の場所だった。店のオーナーである老店主との思い出。持ち主から愛された古い機械たち。それらを修理する時間。

そのすべてが一瞬で奪われた。言葉にならないほどの悲しみに胸が軋む。

「自分のことよりも先にカメラの心配？」

わかりやすく落ちこんでいる晴を見て、女は興味深そうに目を細めた。

「変わってるね、きみ。噂とは少し違うみたい」

「……噂？」

晴は戸惑いながら女を見返した。今になってようやく彼女たちの素性が気になり始める。どうして彼女たちが自分の名前を知っているのか、それすら晴にはわからないのだ。

「とりあえず、事故の後始末についてては心配しないで。陸……うちの店の交渉係に、煩わしい手続きは全部任せてあるから」

さも自信ありげに笑って、女は晴に顔を近づけた。その顔立ちは意外に幼かった。二十歳になるかならないかというあたり。おそらく晴と同世代だ。

「あとで警察が話を聞きにくると思うけど、誰が見てもきみはただの被害者だしね。そう厄介なことにはならないと思う。しばらくは入院しといたほうが、面倒がなくていいかもね」

「さすがにあれだけの事故だと、しばらくはマスコミがうるさいだろうしな」

腕を組んで壁に寄りかかったまま、男が言った。

晴は彼らの顔を見比べながら、眉をひそめる。

「あの……あなた方はいったい……」

「そうか、ごめん。忘れてたわ」

　女が自分の失敗に気づいたように片目を閉じた。彼女は自分の胸元に手を当てて、それから背後の男をちらりと見上げる。

「あたしは真緒よ。明無真緒。山手で杠屋という店を営業ってる特殊骨董処理業者。で、そっちの意味もなくでかいのがうちの従業員」

「和泉衛だ」

　強面の男が無愛想に名乗る。晴は、彼らの聞き慣れない職業名に戸惑った。

「……特殊骨董処理業、ですか？」

　ああ、と和泉は少し困ったようにうなずいた。なにをどう説明すればいいのか、決めあぐねているような態度だった。

「まあ、だいたいそのままの意味だ。普通じゃない骨董品を処理することで、持ち主から金をもらってる。訳ありの遺体を専門に片付ける特殊清掃って仕事があるだろ？　それの骨董屋版だと思ってくれればいい」

「……普通じゃない骨董品というのは？」

　晴が真顔で質問した。

　和泉は、誤魔化すのをあきらめたような投げやりな口調になって、

「べつにちゃんとした定義があるわけじゃない。持ち主が疎ましさや恐怖を感じれば、それが特殊骨董だ。本気で周囲に害を為すヤバい代物もあれば、単に後始末が面倒なだけの品もある。本当に呪われた道具なんて、実際には滅多にないけどな」

「呪われた道具……ですか？　処分というのはどうやって？」

「それはケースバイケースだな。神主を呼んできてお祓いだけで済むこともあれば、欲しがってるべつの人間に転売することもある。杠屋の倉庫にぶちこんで保管することが多いが、ぶっ壊して一件落着ってパターンもある。ごく稀に、だけどな」

「いちおう単純明快でわかりやすい物理的な解決が、杠屋のモットーなのだけどね」

真緒が冗談めかした口調で言った。はあ、と晴は曖昧にうなずく。

「その特殊骨董処理業の方たちが、どうしておれを助けてくれたんですか？」

うん、と真緒は細い肩をすぼめて、真面目な顔で晴を見た。

「簡単に言えば、そういう契約なのよ」

「契約？」

「あたしたちはある骨董品を探しているの。恐ろしく価値のある特殊骨董で、もし本物なら、数億円はくだらない。国宝級か、それ以上」

「もしかして、あの写真の櫛笥ですか？」

晴は和泉を見上げて訊いた。櫛笥について調べていると、彼は最初から晴に語っていたのだ。

和泉は晴の質問を肯定するように、唇の端を片方だけ吊り上げた。

「俺たちは単に〝匣〟と呼んでる。櫛笥じゃ伝わらないことが多くてな」

「その特殊骨董の在処についても、おおよその見当はついてるんだけど、持ち主と思われてる人物がなかなかの難物でね……正直ちょっと困ってるわけ」

真緒がちらりと舌を出す。子どもっぽい仕草だが、不思議と彼女にはよく似合っていた。

「そのことと、おれになにか関係が？」

晴が落ち着いた口調で訊くと、真緒たちは口ごもるように沈黙した。不機嫌にさせてしまったのかと晴は不安を覚えたが、ふたりが声を荒らげることはなかった。

「そう。それが問題なのよね」

真緒は静かに溜息をついた。そして彼女は、硬い口調で晴に問いかけてくる。

「真継くん、座倉統十郎という名前に聞き覚えはある？」

「……座倉グループの会長、ですか？」

今度は晴が声を硬くする番だった。

座倉グループは、横浜の座倉海運を中心とする二十社ほどの大企業の集まりだ。有名な外食チェーンをいくつか持っているため、関東地区での知名度は高い。グループ全体の年商は一千億円を超えている。座倉統十郎は、座倉海運の創業者の息子でグループ全体の大株主だった。

「ええ、そう」

真緒が少し意地悪な表情を浮かべる。

「そして彼は、きみが自分の孫だと主張しているそうよ。知ってるでしょ？」

「聞いてます」

晴が怒ったように短く言った。よろしい、と真緒は猫のように口角を上げる。

「座倉氏は、つい最近まで、きみが死んだと思っていた。十九年前のバス事故で、きみのお母様と一緒に亡くなったものだと」

真緒が事故のことを口にした瞬間、晴はぴくりと肩を震わせた。

しかし彼女は構わずに続けた。

「だけど今年になってから、座倉氏はきみが生きていたことを知ってしまった。だから、彼の代理人が慌ててきみに接触してきた。ここまでの説明に間違いはない？」

晴はなにも言わずに黙っていた。真緒たちが、自分の個人的な事情に踏みこんできたことに腹を立てていたわけではない。ただ座倉統十郎という人物との出会いは、晴にとって必ずしも幸せな記憶ではなかったからだ。

「統十郎氏と直接会ったことは？」

沈黙を続ける晴に、真緒が訊いた。晴は無表情に首を振る。

「ありません。ずいぶんお忙しい方のようですし、ここ最近は連絡もなかったので」

「実際、忙しい人ではあったんでしょうね」

真緒は何気なく過去形を使った。

「ただ、きみとの連絡が途絶えた理由は、それとは別。統十郎氏は先月の半ばから、昏睡状態になってるのよ」

「え？」

晴はまばたきを忘れて真緒を見返した。

真緒は自分のこめかみに人差し指を突きつける。

「脳の血管が破れてね。このままいつ亡くなってもおかしくない状況よ。意識が戻る可能性は、もうほとんどないといわれてるわ」

「そう……ですか……」

晴は呆然と呟いた。

座倉統十郎という人物のことを、晴はほとんどなにも知らない。祖父と名乗っているだけの、これまで言葉を交わした記憶すらない相手だ。

その老人は、晴の知らないところで息絶えようとしている。自分と接触しようとしたことが、彼の死を引き寄せたのではないか――そんなことを考えて晴はゾッとした。

しかし真緒は、事務的な口調で淡々と続ける。

「あたしたちが困っているのも、それが理由。なぜなら座倉統十郎氏が、あたしたちが探している匣の持ち主である可能性が高いから。彼が意識を取り戻さない限り、匣の買い取り交渉どころか、彼が今もそれを持っているのか確かめることすらできないわけ」

「ああ……」

晴は静かに息を吐き出した。真緒たちが自分の世話を焼く理由が、ようやくわかったような気がしたのだ。

「明無さんたちが引き受けた契約というのは――」

「平たく言えば、護衛だな」

晴が質問を言い終える前に、和泉がばっさりと答えた。

「護衛？」

どうして、と晴が目で問い返す。

「座倉統十郎が死ねば、誰かがそいつの遺産を相続することになる」

「はい」

「なにしろ被相続人は座倉グループの会長だからな。個人資産だけでもべらぼうな金額だし、関連会社の権利もある。揉め事が起きるには十分な財産だ」

和泉が晴を脅すように声を低くした。

「そしてなにより厄介なのは、座倉統十郎には直系の親族がいないってことだ。十九年ばかり行方不明になっていた、彼の孫を除けばな」

「それって……」

晴は表情を硬く強張らせた。

「まあ、つまりそういうことよ」

驚く晴を哀れむように見つめて、真緒が苦笑する。

「真継くん。現状、きみは座倉統十郎氏の財産の唯一の相続人なの。統十郎氏が息を引き取れば、きみが彼の財産のすべてを引き継ぐことになる。当然、それを面白くないと思う人たちもいるでしょう。彼らはきみを殺してでも、相続を妨害しようとするかもしれない」

「まさか――」

「思い当たることがあるんじゃない？　十九年前のバス事故。今日起きた暴走トラックの激突。それに五月に起きたビル火災――命に関わるような大事故がこれだけ連続するなんて、不運で片付けるには偏り過ぎてるとは思わない？」

「誰かがおれを殺そうとしたってことですか？　ほかの人たちは、それに巻きこまれて――」

晴の声が激しく震えた。呼吸が速くなり、視線が揺れた。

真継晴の周りでは、人が死ぬ。幼いころから、ずっとそう言われていた。

なにが原因というわけではない。ただ不幸が続くのだ。十九年前のバス事故を皮切りに、晴は多くの事故に巻きこまれ、そのたびに周囲の誰かが傷ついた。

二ヶ月前に起きたビル火災も、そんな理不尽な事故のひとつだった。晴がアルバイトをしていた小さな学習塾で火事が起き、講師と生徒合わせて七人が焼死した。

不幸慣れした晴にとっても、それはショックな出来事だった。

なぜ自分の周りにだけ、このような事故が続くのか。

なぜ自分だけが生き残るのか――

その疑問に、答えがあるとは思っていなかった。だから諦めることもできたのだ。息を潜め、物陰に隠れて他人を巻きこまないように生きてきた。

だが、その理不尽な運命が何者かの意思で引き起こされていたのだとしたら、晴の選択は、まったくの的外れだったということになる。

あとに残されたのは後悔と絶望と、そして目が眩（くら）むほどの怒りだけだった。運命に抗（あらが）うことを忘れて、目を閉じ、耳を塞（ふさ）いでいた自分自身に対する激しい怒りだ。

「健在だったころの統十郎（とうじゅうろう）氏も、きみが命を狙われることを心配していたそうよ。だから、あたしたちに依頼するという話になったわけ」

晴（はる）が動揺から立ち直るのを待って、真緒（まお）が説明を再開した。

「どうして護衛の依頼を、骨董屋の明無（あかなし）さんたちに？」

ぼそり、と晴（はる）は呟いた。それは当然の疑問だと思ったが、真緒（まお）たちはなぜか意表を衝（つ）かれたような、据（す）わりの悪い表情を浮かべた。

「俺たちの目的は、座倉統十郎（ざくらとうじゅうろう）が持っている特殊骨董だ。相続の手続きが完了するまで、杠屋（あかなしや）がおまえを護衛する。その報酬として俺たちに匣（はこ）を譲って欲しい」

回りくどい説明が面倒になったのか、和泉（いずみ）が直接的な口調で言った。

真緒（まお）は、悪戯（いたずら）に失敗した子どものように深く溜息をついて、

「本当は座倉統十郎（ざくらとうじゅうろう）氏と契約するつもりだったのだけど、その前に彼が意識不明になってしまったから、きみに依頼してもらうしかないわけ。もちろん、きみには拒否する権利があるよ」

「おい、真緒（まお）……」

和泉が、真緒をたしなめるように口を挟む。しかし真緒はきっぱりと無視して続けた。

「自前でほかの護衛を雇ってもいいし、相続そのものを放棄するという手もある。そうすれば、少なくとも、これ以上命を狙われるようなことはないはずよ」

「明無さんたちは、それでもいいんですか？」

晴は逆に少し困惑して訊いた。真緒が嘘をついているという気はしなかった。

「正直言うと困るけど、無理強いはできないわよね。きみ自身の命が懸かってるんだし。まあ、そのときはなにかほかの方法を考えるから、気にしないで」

話はこれで終わり、というふうに、彼女は白い歯を見せて笑った。

「どちらにしても、今日のところは泊まっていって。入院費用を請求したりはしないから」

「急な話で悪かったな」

和泉がどことなくバツの悪そうな口調で言った。もしかしたら、事故に遭ったばかりの晴のことを気遣っているのかもしれなかった。

「まだ時間はある。ゆっくり考えて決めればいいさ」

素っ気なく右手を上げながら、和泉は病室を出て行った。またね、と言い残して真緒も続く。

見知らぬ病室に取り残された晴は、仕方なくベッドの上に転がった。

考えることが多すぎるせいか、信じられないくらい疲れていた。

天井を見上げているうちに、強い眠気が襲ってくる。助けてもらった礼を彼らに言い忘れたと気づいたのは、眠りに落ちる直前のことだった。

【伍】

「――麻薬中毒？」

金物屋の店主だという老人に、水之江陸（みずのえりく）は驚いて訊（き）き返した。

火災事故の現場となった、写真機店の近くの路上だった。

午後九時半を過ぎているが、集まった緊急車両の回転灯が、周囲を明るく照らし出している。

商店街の火災が鎮火して、まだ一時間も経っていない。暴走トラックに突っこまれた写真機店はほぼ全焼し、隣接する数軒の店や住宅も少なからぬ被害を受けている。

事故現場では、少し前から警察と消防の現場検証が始まっていた。

水之江（みずのえ）は事情聴取を終えたあとも現地に残って、商店街の店主たちの雑談につき合っていた。もちろん情報収集が目的だ。真継晴（まつぎはる）を狙っている連中が、様子を見に来るのではないかという期待もあったが、今のところそれらしき人影は見当たらない。

「ああ。ひどい話だよ。麻薬でラリった挙げ句に、ダンプトラックで他人様の店に突っこんでくるなんて。燃えちまったダンプも盗難車だって話だし」

　金物屋の小柄な老店主が、大げさな口調でまくし立てる。興奮気味で要領を得ない彼の話を、水之江は辛抱強く聞いていた。

「本当ですか？」

　老店主の言葉が途切れたところで、水之江がそれとなく確認する。

　よくぞ訊いてくれた、といわんばかりに老店主は大げさにうなずいて、

「警官同士が話しているのを聞いたから、間違いないよ。そのうちニュースでも大々的にやるんじゃないかな」

「なるほど」

「晴ちゃんが無事だったのはよかったけどね。渡部さんもがっかりするだろうねえ。海外から戻ってきたら、店がこんなことになってるなんてさ」

「そうですね。同情します」

　水之江は控えめに相槌を打った。

　路上にはほかにも大勢の野次馬が集まっており、至るところで似たような会話が繰り広

げられている。彼らの中には報道関係者も交じっているようだ。金物屋の店主が言うように、明日には事故を引き起こした麻薬中毒患者の存在が大きく報じられることになるだろう。

　トラックの暴走は麻薬が原因であり、写真機店が事故に巻きこまれたのは不幸な事故だと、ニュースを見た誰もがそう思う。自分の命が狙われたのだと、被害者である真継晴が訴えても、それを裏付ける証拠はなにもない。荒っぽいが巧妙なやり口だ。

「——失礼。従業員の青年を救助した方というのは、あなたですか？」

　老店主と水之江の会話に割りこんできたのは、警察関係者とおぼしき背広姿の男たちだった。

　よく日焼けした中年男性と、色白の若手のふたり組だ。柔和な表情を浮かべてはいるが、目の底に剣呑な輝きがある。麻薬関係の捜査に従事している刑事だろう、と水之江は直感した。

「ええ、私です」

　水之江は落ち着いた口調で言った。

　刑事たちは、水之江を値踏みするような鋭い視線を向けてくる。

「おひとりで？」

質問したのは若いほうの刑事だった。

「いえ。私と同僚のふたりで。たまたまこちらのお店を訪ねてきたところだったので」

水之江は用意してあった名刺を彼らに差し出した。色黒の中年刑事が、ほう、と好奇の視線を水之江に向ける。名刺に書かれた杠屋の事業者登録番号に気づいたのだ。

特殊骨董処理業者は免許制で、管轄しているのは国家公安委員会。届け出の窓口は警察署だ。

免許の更新番号を見れば、杠屋がかなりの老舗であることは一目瞭然で、その社員というだけでも多少の信用を得る材料になる。

「特殊骨董処理業？　ああ、骨董屋さんですか？」

一方の若い刑事は、特殊骨董処理業者の存在を知らなかったらしい。水之江が渡した名刺の意味に気づくことなく、手帳を開いて質問を続けた。

「渡部写真機店さんには、お仕事で来られたんですかね？」

「ええ。事故が起きたときには、ちょうどあちらの駐車場にいました」

水之江は、近くにあるコインパーキングを指さした。

「生憎、ドライブレコーダーの映像は残っていないのですが――」

「ああ、ええ。それは大丈夫です。まあ、映像がなくても状況は明白ですからね」

若い刑事が苦笑した。

たしかに彼の言うとおりだった。麻薬で正常な判断力を失った運転手が、ハンドル操作を誤って商店に突っこんだ。それ以外には解釈の余地のない状況だ。

「救出した従業員は意識をなくしていたので、知り合いの病院に運びました。救急車の到着を待つよりも、そのほうが早いと思いまして」

「そうですね」

若い刑事の苦笑いが強張った。一般人が危険な火災現場に入って真継晴を運び出したことを、あまり快く思ってはいないのだろう。しかし結果的に晴の命が助かったので、文句も言えずにいるという印象だった。

「病院の名前はわかりますか？」

気を取り直したように、若い刑事が訊いた。

「元浜町の藤原診療所です。電話番号はこちらに」

「ああ、これはすみません」

水之江が差し出したスマホのアドレス帳から、刑事が番号を書き写す。その時間を利用して、水之江は年嵩の刑事に質問した。

「トラックの運転手は、無事だったんですか？」

「いちおう生きちゃいますが、重態だそうです」

中年刑事は意外にすんなりと教えてくれる。

「麻薬中毒だったそうですね」

「そいつは内緒にしといてください」

水之江が何気ない口調で尋ねると、刑事は口元だけの笑みを浮かべてそう言った。これ以上、その話題に触れるなという、遠回しの意思表示だ。

「どうしてあの店に突っこんだんでしょうか。交差点の突き当たりというわけでもないのに」

水之江は仕方なく話題を変えた。刑事は、ふむ、と低く息を吐く。

「それはこれから捜査してみないとなんともいえませんが、渡部写真機店さんが、誰かに恨まれているというような話はご存じないですかね？」

「いえ、私たちもそこまで深いつき合いがあるわけではないので」

「なるほど」

中年刑事が冷ややかに笑った。

「なにか思い当たることがあったら、ご連絡ください。また日を改めて、話を聞きにお邪魔するかもしれません。こちらの名刺の住所にお電話しても？」

「どうぞ」

水之江は無表情にうなずいた。

ふたりの刑事は会釈して、再び野次馬の輪の中に戻っていく。怪しげな人間に片っ端から声をかけて、手がかりを探しているらしい。彼らも水之江と同様に、事故の関係者が現場に現れるのを待っているのだ。

いつまでもこの場に残っていると、余計な疑いをかけられかねない。そろそろ撤収するべき頃合いか、と水之江は腕時計を見た。

気配もなく目の前まで近づいてきた男に、声をかけられたのはその直後だった。

「ずいぶん派手に燃えたようだな」

焼けたトラックの残骸を眺めて、男が足を止めた。

死神を連想させる痩身の男だ。年齢は三十代の前半あたりか。長い黒髪を背中で束ねており、白皙の中で唇の赤さだけが目立つ。

「狩野泰智……！」

水之江が目つきを険しくした。狩野と呼ばれた男が、くっ、と喉を鳴らして笑う。

「二年ぶりだな、六壬栻盤。和泉守は一緒じゃないのか？」

「ネハレムの処理担当者が、どうしてこんなところにいる？」

ゆっくりと周囲を見回す狩野に対して、水之江は一方的に質問を重ねた。

狩野が少し落胆したように首を振る。

「とぼけるなよ、式盤。おまえたちも玉櫛笥を探してるんだろ？」

「っ……！」

水之江は言葉を詰まらせた。

匣の存在を知る者が、このタイミングで真継晴の近くに現れる理由はふたつしかない。水之江たちと同様に晴を護衛に来たか、あるいはその逆――すなわち晴を殺しに来たか、だ。

「あの店にトラックを突っこませたのはおまえか？」

水之江が狩野を睨んで訊いた。

「この俺がそんな雑な仕事をするかよ」

狩野は嘲るように水之江を見下して笑った。

皮肉にも、水之江は彼の言葉に納得するしかなかった。たしかに狩野は、真継晴を殺すために暴走トラックを使うような真似はしない。そんな不確実な手段を選ぶ理由がない。

「なにが目的だ、狩野泰智」

水之江が冷淡な口調で言った。なぜ自分の前にわざわざ姿を見せたのか、と訊いたのだ。

狩野は赤い唇を吊り上げてニヤリと笑った。

「忠告してやる。真継晴からは手を引け、杠屋」

「恫喝のつもりか？」

「同業者からのありがたいアドバイスだよ」

皮肉を効かせた恩着せがましい態度で、狩野が顔を寄せてくる。

「もちろん俺としては貴様らとやりあえるのは歓迎だが、なるべく面倒を避けたいというのがスポンサーからの要望でね。場合によっては金で解決してもいいと言っている」

「真継晴を引き渡すつもりはない」

水之江は表情を変えずに言った。

その答えを狩野は最初から予想していたのだろう。

「そうか」

なんの感情もこもらない声でそう言って、狩野は水之江に背を向けた。

そのまま野次馬たちにまぎれて立ち去ろうとする狩野を、水之江が呼び止める。

「おまえの依頼主は誰だ、狩野泰智？」

「必要なことは伝えたぞ、杠屋」

狩野は背中を向けたまま言った。

そして一度だけ振り返り、水之江を挑発的に睨んで笑う。

「おまえと打ち合えるのを楽しみにしていると和泉守にも伝えておけ」

回転灯の光に照らされながら遠ざかる狩野を、水之江は無言で見つめている。

燃え尽きた写真機店の残骸が、どこかでバラバラと崩れ落ちる音が聞こえた。


【陸】


「区役所と保険屋、電気ガス水道、銀行、郵便局……必要な手続きはこれで全部？」

待ち合わせの駐車場に戻ってきた真緒が、手帳をめくりながら確認する。

昨日のラフな服装とは違って、今日の彼女は仕立てのいいグレーのスーツに身を包んでいた。

晴が病院で警察の事情聴取を受けている間に、真緒と水之江は公共機関を回って、燃えた写真機店についての面倒な届け出を済ませておいてくれたのだ。

「ひとまず今日のところはな」

水之江が無感動な声で答えながら、ランクルの助手席へと乗りこんでくる。車内が騒がしくなったせいか、運転席で寝そべっていた和泉が不機嫌そうに目を開ける。

「ちょっと衛、椅子が邪魔。真継くん、退院の手続きは終わった？」

真緒がブラウスの襟元のボタンを外しながら、後部座席の晴の隣に座る。彼女に乱暴に背中を蹴られて、和泉はリクライニングしていたシートを渋々と戻した。

「はい。でも、まだ治療費を払ってないんですが」

真緒と和泉のやりとりに苦笑しながら、晴は言った。

「そもそも治療なんかしてないからね」

真緒が面白そうに目を細めて笑う。

彼女たちの古い知り合いという診療所の女医は、入院にかかった費用はおろか、診察費すら晴には請求しなかった。もっとも無一文のまま焼け出された今の晴には、請求されても支払うあてはないのだが。

「お金のことは気にしなくていいよ。診療所には、マスコミ対策で泊めてもらっただけだから。少しは役に立ったでしょう？」

「そうですね。助かりました」

晴は素直に真緒の言葉を認めた。昨日の暴走トラックの事件は、平和な商店街を突如襲った悲劇として大々的に報道されている。もし晴が病院に避難していなければ、被害者のコメントを求めるマスコミが一斉に押し寄せてきたのかもしれない。それを想像するとく思う。

少しゾッとした。入院の手続きをしてくれた真緒たちの心遣いを、今更のようにありがた
「事情聴取は終わったのよね？　刑事さんたちにはなにか言われた？」

「いえ。特になにも。おれには事故が起きたときの記憶もほとんどないですし」

晴は自嘲するように首を振った。

県警の刑事たちが見舞いという名目で事情聴取に訪れたのは、診療所が開いた直後のことだ。

様々な部署の担当者が入れ替わり立ち替わりやってきたものの、事情聴取そのものは、どれも拍子抜けするほどあっさり終わった。トラックが突然店に突っこんできて、気づいたら病院のベッドの上だった――事故について晴が証言できることは、それ以外なにもなかったからだ。

刑事たちも、晴から有益な情報を聞き出せると、本気で期待していたわけではなかったのだろう。彼らは特に落胆した素振りも見せず、必要なことだけを確認してさっさと帰っていった。

警察にしてみれば、晴は事故現場にたまたま居合わせただけの不運な一般人に過ぎないのだ。誰かが自分を殺そうとしていると晴が主張しても、被害妄想だと笑い飛ばされるに

違いない。晴自身、自分の命が狙われていることをいまだに実感できずにいるのだから無理もなかった。

「用が済んだのなら店に戻るぜ。さすがにこんな街中で襲ってくることはないだろうが、晴の命を狙ってる連中につけ回されてる可能性はあるからな」

和泉が、シートベルトを締めて車のイグニッションキーを回した。四リッターのV型六気筒エンジンが始動して、ランクルの巨大な車体が身震いする。

晴は、いつの間にか和泉が自分を呼び捨てにしていることに気づいたが、不思議と違和感を覚えずにそれを受け入れた。なんとなくそのほうが和泉らしいとすら感じる。

「念のために高速を使って帰ろう。尾行車がないか確認したい」

水之江が冷静な口調で言った。

「だいぶ遠回りになるけどな」

和泉は不満そうに呟くが、それ以上は文句を言わずに車を駐車場の出口へと向ける。

時刻は午後三時を過ぎたところだ。道路は意外に混んでいる。

「そういえば、燃えちまった店の店主とは連絡は取れたのか？」

信号待ちで車が停まった隙に、和泉がふと思い出したように晴に訊いた。

いえ、と晴は首を振る。

「放浪癖がある人なので、なかなか連絡がつかなくて。先月までカザフスタンにいたことはわかってるんですけど、カスピ海から船に乗ると言ったきり、そのあとどこに行ったのか――」

「修理屋の店主にしちゃ、ずいぶん変わり者みたいだな」

和泉が愉快そうに声を上げて笑った。彼の言葉を晴は否定しなかった。晴の恩人である渡部老人は、間違いなく変わり者だったからだ。

「娘さんが関西に住んでいるので、ひとまず滞在先を調べてもらうようにお願いしました」

「そうか。じゃあ、ほかに誰か連絡しておきたい相手は？」

「いえ、特には。今は研究室も休みですし」

「仲のいい友達は？　いないのか？」

「――和泉」

不躾な質問を口にする和泉を、水之江が静かにたしなめる。

どう答えるべきかと晴が少し迷っていると、真緒が不意にあっと声を上げた。

「ねえ、待って。真継くんって、京浜大よね。もしかして理工学部の〝晴の嵐〟？」

「……嵐ってなんだ？」

和泉が訝しげな口調で訊き返す。

「ヘルマン・ヘッセの小説の題名だな」

水之江がぼそりと独り言のように呟いた。真緒はクスクスと笑い出す。

「違う違う。春夏秋冬じゃなくて、晴耕雨読のほうよ。晴の嵐。彼のあだ名」

「……嵐？　こいつが？　ずいぶん物騒なあだ名だな」

和泉が片眉を上げて、ルームミラー越しに晴を振り返る。

晴は黙って首を振った。そんなあだ名で誰かに呼ばれたことはこれまでなかったからだ。

しかし真緒は、ますます愉快そうに肩を震わせて、

「ゼミ、サークル、人間関係……いろいろ壊しまくったみたいだから、そのせいじゃない？　女の子の仲良しグループを崩壊させたり、カップルを破局させたり」

「ああ……」

和泉が晴の顔を見て、なぜか納得したように大きくうなずいた。

晴は物憂げに眉を寄せる。真緒の言葉には心当たりがありすぎた。親しくもない相手からの一方的な告白と、それにともなう人間関係のトラブル。嫉妬や横恋慕、恋愛関係の揉め事は、晴の周囲から絶えたことがなかったからだ。

「おまえ、そんな虫も殺さないような顔をして、やることはやってたんだな」

俯く晴を眺めて、和泉が感心したように言った。

真緒はニヤリと唇の端を吊り上げて、

「なによ、衛。うらやましいの？」

「なんでそういう話になるんだよ。ガキどもの色恋沙汰に興味はねーよ」

「ふーん、まあ、真継くんも災難だったと思うわよ。酔った女の子に口説かれて一夜を過ごしたら相手が彼氏持ちだったとか。仲のいい友達同士できみの奪い合いしてたとか。出会い頭の交通事故みたいな話ばっかりだもんね。うん、ちょっと同情する」

真緒はそう言って財布の中から自分の学生証を取りだした。学部は違うが、彼女も晴と同じ大学の学生だったらしい。それで晴の噂を知っていたのだろう。

容姿が目立つのは真緒も同じだが、彼女の場合は、異性よりも同性に好かれるタイプだ。性格もさっぱりとしていて、いかにも世渡りに慣れた印象がある。

一方の晴はお世辞にも人付き合いに長けているとは言い難い。その結果つけられた不名誉なあだ名が、晴の嵐だ。天災と同じ扱いとはずいぶん嫌われたものである。

「おれは、そんなふうに呼ばれてたんですね」

さすがに動揺して、晴は肩を落とした。真緒が屈託のない笑顔で首を振る。

「気にしなくていいわよ。女の子を泣かせるのはどうかと思うけど、話を聞いた限り、きみが自分からなにかしたわけでもないみたいだし。周りが勝手に振り回されて転んでるだけだから――まあ、ちょっと恨まれるくらいは我慢するしかないって」

「ええ」

晴は曖昧にうなずいて溜息をついた。人に嫌われるのは馴れているが、これまで接点のなかった真緒にまで自分の悪評が広まっているのかと思うと、さすがに苦悩せずにはいられない。

だが人間臭く落ちこんでいる晴を見て、和泉の心証は少し変化したらしい。晴に対する余所余所しさや警戒心が薄れて、表情が柔らかくなったように感じられる。強面の彼のそんな素顔を、晴はひどく意外に思った。彼は見た目の印象よりも、繊細な男なのかもしれないとふと思う。

「晴の過去の悪行はとりあえず置いといて、あと、残る問題はネハレムか」

冗談めかした口調で和泉が言った。信号が青に変わり、彼は再び車を発進させる。ちょうど高速道路の入り口が見えてきたところだった。

「ネハレム？」

晴が首を傾げて訊き返す。

「イギリスに本社がある、世界最大手のオークショニア――美術品オークションの運営会社ね。名前くらいは聞いたことがあるんじゃない？」

真緒がどこか投げやりな口調で言った。和泉はフッと皮肉っぽく鼻を鳴らして、

「ま、杠屋とは比較にならないくらいの有名企業だな」

「歴史の古さなら負けてないわよ」

真緒がムキになったように言い返す。

「問題なのは、連中が抱えてる特殊骨董部門だ」

それまで沈黙していた水之江が、見かねたように補足した。晴は意外そうに目を瞬く。

「オークションの運営会社が、特殊骨董処理業をやってるんですか?」

「正確に言えば、特殊骨董の処理ではなく蒐集だな」

「蒐集?」

「馬鹿げた話に聞こえるだろうが、訳ありの骨董品を欲しがる客は意外に多い。持ち主を次々に破滅させたという呪いの宝石には、二億ドル以上の価格がつけられているものもあるそうだ」

「ネハレムは、そういう高額の特殊骨董を捕らえる専門家を何人も雇ってるのよ。陸が昨日会った狩野泰智もそのひとりってわけ」

真緒が不機嫌そうに唇を尖らせた。

晴は彼女が無意識に漏らした言葉にかすかな違和感を覚える。

「特殊骨董を捕らえるというのは、どういう意味ですか？」

「え……っと、それはね」

「比喩だと思ってくれればいいさ。とりあえず今のところはな」

言葉に詰まる真緒の代わりに、和泉が投げやりに答えた。

何気ないふうを装っているが、彼の視線は定期的にバックミラーに向けられている。追跡者を警戒しているのだ。

幸いなことに高速道路は空いていて、不審な車両を見かけることもなかった。

目的の出口が近づいてきて、和泉はそちらの車線へと車を寄せる。

その直後、助手席の水之江が表情を険しくした。鋭い声で呼びかける。

「和泉、気をつけろ。この先になにかがある」

「気をつけろ？　おまえの占いがそう言ってるのかよ？」

和泉が声を低くした。警戒したようにアクセルを緩めてハンドルを握り直す。

「衛！　あの車！」

和泉の肩越しに真緒が叫んだ。彼女が指さしたのは路肩の非常駐車帯だ。

そこに停まっていたのは、アストンマーティンのオープンカーだった。

座席の上に立った男が、まるで待ち構えるように晴たちのほうを睨んでいる。白い肌に、赤い唇。死神を思わせる風貌の痩せた男だ。彼の足下には、大型犬のような灰色の獣の姿がある。

「狩野か！」

和泉が低く唸ってアクセルを踏みこんだ。ランクルの大柄な車体が猛然と加速する。

狩野と呼ばれた男が、足下にいる獣の背中に触れた。ゆらりと獣の姿が幻のようにかき消え、代わって狩野の手の中になにかが現れる。それは黒光りする大型拳銃だった。

狩野は獰猛に微笑んで、その銃口を晴へと向けてくる。

「拳銃……!?」

隣で真緒が息を呑む気配があった。

「まずい。あの銃、特殊骨董だ」

「ネイビーリボルバーかよ……！」

水之江と和泉が同時にうめく。

その銃の名前を晴は知っていた。コルトM１８５１ネイビー――通称ネイビーリボルバー。米国コルト・ファイヤーアームズ社によって１８５１年に開発された、パーカッションロック式の回転式拳銃だ。百五十年以上も前に生産された骨董品である。

南北戦争でも使われたという旧式銃だが、十分な整備が成されていれば今でも正確な射撃が可能。威力も現代の拳銃と遜色ないといわれている。

その銃が自分に向けられていることに、晴ははっきりと死の恐怖を覚えた。

握りしめた掌に汗が噴き出し、全身の筋肉が硬直する。

そんな晴を庇うように、真緒が前方に身を乗り出した。彼女が伸ばした指先が、助手席に座る水之江の肩に触れる。

「陸！　あなたを使うわよ！」

「……任せた」

水之江が静かに呟いたその瞬間、狩野が拳銃を発砲した。銃口から眩い炎が噴き出し、轟音が晴の鼓膜を打つ。

同時に晴は奇妙な感覚に襲われた。

方向感覚が消失し、自分の乗った車がどちらに進んでいるのか突然わからなくなる。目に映る景色と時の流れが乖離していく。真緒が触れた水之江の肉体を中心に、世界そのものを塗り替えるような異様な気配が放たれているのだ。

空間のうねりに似たその違和感は、大きな波を乗り越えるようにすぐに消滅した。

長い時間が過ぎたような気がしたが、実際に経過したのはほんの一瞬だ。

狩野の拳銃から吐き出された炎は、まだ完全には消えていない。しかし晴を狙っていたはずの銃口は、わずかにその角度を変えていた。

狩野の姿勢が変化したわけではない。和泉が運転する車の速度も変わっていない。それなのに銃撃のタイミングがズレている。そのせいで狩野の狙いが逸れたのだ。まるで変化したのが運命そのものであるかのように。

「今のは……!?」

晴が驚いて真緒を見る。しかし真緒は何事もなかったかのように座席にぐったりともたれて、気怠げに息を吐いていた。

「どうにか間に合ったわね」

「上出来だ、真緒。水之江ひとりじゃ間に合わないタイミングだっただろ」

和泉が満足そうに笑って言った。すれ違いざま、路肩にいる狩野に向かって、勝ち誇ったように中指を立てるのも忘れない。

まあね、と真緒が肩をすくめて、

「そのためにあたしを連れてきたんでしょう、陸?」

「ああ……だが、狩野も本気で真継くんを撃つ気だったわけではなさそうだ」

水之江が感情のこもらない口調で指摘した。

彼が見つめていたのは、ランクルの左側のサイドミラーだ。

晴を目がけて狩野が放った弾丸は、わずかに狙いを外してサイドミラーを直撃したのだ。

銀メッキを施された大型のミラーは、わずかに歪んでいるものの壊れてはいない。代わりに、真っ赤な塗料が飛び散って周囲を汚している。

狩野の拳銃に装填されていたのは実弾ではなく、塗料を詰めたペイントボールだったらしい。カートリッジ式の弾薬ではなく、球形弾を使うパーカッション式リボルバーだからこそ可能な手の込んだ脅しだ。狩野は最初から晴を撃ち殺すつもりではなかったのだ。

「宣戦布告のつもりかよ、狩野」

ギリギリと奥歯を鳴らしながら、和泉が苛立ったようにハンドルを殴りつけた。

晴は呆然と息を呑んだまま、鮮血のように流れ落ちる深紅の塗料を眺めていた。

【漆】

高速道路を降りた和泉のランクルは、港を見下ろす小高い丘へと上っていった。

緑に包まれた外国人墓地を通り過ぎ、古い建物が残る山手の閑静な地区へと向かう。

やがて見えてきたのは、煉瓦造りの古色蒼然とした建物だった。

倉庫とも民家とも判然としない古びた洋館だ。昭和初期、あるいはそれ以前の建物だろう。

その洋館の隣の駐車場へと、和泉は車を乗り入れる。そこが彼らの目的地なのだ。

「大丈夫か、真継くん？」

無言で物思いに沈んでいる晴に気づいて、水之江が訊いた。

晴は慌てて首を振る。高速道路で水之江が使った奇妙な力について考えていたのだとは、さすがに口にできなかった。

「いえ。すみません、平気です」

「本当に？」

真緒が明るい口調で念押しする。

「あたしは無理。狩野の奴が余計なことをしてくれたせいで無駄な体力を使っちゃったわ」

「まったくだな。着いたぜ」

和泉がエンジンを停めて車を降りた。真緒に急かされるようにして、晴も車の外に出る。

色褪せた煉瓦造りの洋館は、間近で見るといっそう巨大で、どことなく近寄り難い雰囲気を漂わせている。

「ここが杠屋さん……なんですか？」

晴は、隣に立っていた水之江に訊いた。

「いや。本店は元町の商店街沿いだ。ここは倉庫兼従業員の寮といったところだな。きみの警護の都合上、しばらくはここで過ごしてもらえるとありがたい」

「広くて驚いたでしょ」

「古くて、の間違いだろ」

得意げな表情を浮かべている真緒を、和泉が皮肉っぽく茶化す。

駐車場から見える範囲だけで、建物には入り口が二つあった。

正面玄関の扉は飾り気のない鉄製で、いかにも倉庫という印象がある。一方で、建物の二階にも入り口があって、金属製の外階段で直接そちらに上がれるようになっている。

建物自体はひどく古いが、セキュリティは最新式のものが導入されているらしい。水之江はポケットから電子式のカードキーを取り出して、外階段のほうへと近づいた。

「居住区画は二階と三階。地下一階と一階が倉庫だ。倉庫には全部で八百体ほどの特殊骨董が封印されている。許可なく立ち入らないことをお奨めする。特に地下には」

「封印？」

晴は水之江の言葉に再び違和感を覚える。

「湿度や温度管理のためということですか？」

「そうだな。それもある」

「……一度、体験してみる？」

真緒がふと思いついたように晴に訊いてきた。

「おい、真緒」

和泉が、露骨に顔をしかめて彼女を睨む。しかし真緒は平然と和泉の抗議を受け流し、

「なによ。百聞は一見にしかずって言うでしょ」

悪戯っぽく笑う彼女の瞳には、純粋な好奇心の輝きがあった。

「それに少し興味があるのよ。真継くんが彼らを見てどう思うのか」

「そうだな」

水之江が無表情のまま相槌を打った。相棒の意外な反応に、和泉は面喰らったような表情を浮かべる。

「おまえがそんなことを言うなんてめずらしいな」

「真継くんの命を狙っている連中が狩野と手を組んでいる可能性がある以上、彼にも俺たちの正体を知っておいてもらったほうがいいだろう」

「俺は反対だ。世の中には、知らずに済むならそのほうがいいことがあんだろうが」

和泉がいつになく強い口調で言った。豪放で大雑把な印象の彼にしては、やけに頑なな態度だった。まるで晴が杠屋の倉庫を見ることを恐れているようにも感じられる。

晴は彼らのやりとりを戸惑いながら見つめた。

真緒が封印された特殊骨董を、彼らと呼んだことも気になった。

和泉たちが語ってくれた杠屋の仕事——特殊骨董処理業には、晴の知らない秘密があるのだ。彼らとの会話でしばしば感じていた違和感の答えも、おそらくそこにあるのだろう。

「真継くんは、どうしたい？」

水之江が晴を試すように見つめて訊く。

「おれ……ですか？」

唐突に話を振られて晴は言葉を詰まらせた。

「どうした？」

和泉が怪訝な眼差しを向けてくる。晴は自分がどうして困惑しているのか、その理由をしばらく考えて、どうにかそれを言葉にしようとした。

「いえ。そんなふうに考えを聞かれたことがあまりなかったので、少し新鮮で」

「なんだそりゃ」

自分なりに上手く答えたつもりだったが、晴の返事が和泉には不満だったらしい。ただでさえよくない人相をさらに険しくして晴を睨みつけてくる。

「あのな、真継晴。おまえ、人間なら人間らしく自分の望みくらいブレずにきっちり理解しとけよ。やりたいことを決めるのを他人任せにしてるんじゃねえよ」

「──和泉」

「依頼主に失礼よ、衛」

水之江と真緒が、またか、という態度で和泉の言葉を遮ろうとした。

しかし和泉はますます語気を強めて、晴の鼻先に指を突きつける。

「うるせえ。自分の使い途を自分で決められないなら道具と同じだ。人間なんかやめちまえ」

「……そうですね」

晴は無意識に微笑んでうなずいた。

そのことが意外だったのか、和泉は言いかけた言葉を呑みこんだ。渋面のまま黙りこむ。

和泉の言葉は乱暴だったが、彼の指摘を、晴は理不尽だとは思わなかった。

おまえが決めろ、と最後に言われたのがいつだったか、晴にはもう思い出せない。

もちろん決断を迫られたことはある。むしろ孤児として育ったことで、自分の判断で行動しなければならない場面は、おそらく他人よりも多かったはずだ。

だがそうやって晴が決断するのは、いつだって晴ひとりだけの問題だった。

他人の事情に踏みこむかどうか、それを真剣に考えたことはなかった。

なぜなら物心ついたときから常に、晴は普通ではないと言われ続けていたからだ。他人とは違う異端の側にいたからだ。

だから、晴が望めば自分たちの秘密を明かすという水之江たちの言葉の重みに、晴は無意識に躊躇した。対等の、同じ側の存在として、自分が彼らとどんな関係を築きたいと思っているのか、それを真剣に問いかけられたのだと思った。そしてそのことに恐怖した。

和泉は、そんな晴のためらいに気づいて声を荒らげたのだ。

「おれは知りたいです。皆さんのことを、もっと」

自分がなにを望んでいるのかと考えて、気づいたときには晴はそう口に出していた。

そんな晴を眺めて、和泉は満足そうに笑う。

「ああ、それでいい。決まりだな」

「あら？　晴を倉庫に入れるのは反対だったんじゃなかったの？」

さっさと掌を返した和泉を、真緒は呆れたような表情で眺めた。

「こいつが自分で決めたことなら文句はねえよ。ついてきな」

和泉は素知らぬ顔でそう言って、先頭に立って歩き出す。

彼が向かったのは、建物の裏手にある通用口のような場所だった。普段の倉庫の出入りには、正面玄関ではなくそちらを使っているらしい。

錆びた金属製の扉には頑丈そうな閂が設置され、さらに鎖と南京錠で施錠されている。骨董屋の倉庫だと思えば、不自然なほど厳重な警備というわけではない。だが、明らかに後付けされたその鎖や閂には、外部からの侵入を防ぐためというよりは、内側にいるモノが外に出るのを防ぐためのものという印象があった。

水之江が言う封印と、なにか関係があるのかもしれない、と晴は思う。

だが、そんな物々しい雰囲気に構わず、和泉は普通に鍵を開け、扉の取っ手に手を掛けた。

金属の軋む音がして、ゆっくりと扉が開いていく。

建物の内側から流れ出してきたのは、長く閉めきった場所に特有の埃っぽい空気だった。

外側から見る印象よりも、倉庫の内部はごちゃごちゃと入り組んだ造りになっている。窓が閉ざされているせいで通路は暗く、奥の様子はわからない。

晴は和泉に促されて、通路へと足を踏み入れた。

その瞬間、空気がざわりと震えるのを感じた。

まるで野生の獣たちの縄張りに入りこんでしまったような感覚だった。敵意と恐怖と好奇心が混じり合ったような、誰かの強い視線を感じる。倉庫の闇の中に、なにかがいるのだ。

だが、それが錯覚だということも晴にはわかっていた。幼いころから、似たような出来事を幾度となく経験してきたからだ。古い建物の中を訪れたとき、そこにある古道具に触れたとき、しばしば晴はそれらから話しかけられるような感覚を味わった。

オカルティックな体験には違いなかったが、そのことに恐怖を感じたことはなかった。むしろ彼らは晴に優しかった。晴が古道具の修理に興味を持ったのは、そのような体験とも無関係ではない。

しかし、これほどまでに多くの視線を一度に感じたのはさすがに初めてだ。

その視線を遡るようにして、闇の奥へと目を凝らす。

目が慣れてぼんやりと見えてきたのは、無数の古道具たちだった。それらは雑然と棚の上に置かれて、うっすらと埃を被っている。桐箱に収められた書画や陶磁器。鏡や時計。茶道具や書道具のような実用品。大きなものでは仏像やペルシャ絨毯まで。数は多いが、特に変わったものがあるわけではない。誰もがイメージするありふれた骨董品ばかりだ。

「これが……特殊骨董？」

晴は、拍子抜けしたような気分でそれらを眺めた。いわくつきの品などと呼ばれていたが、特別な邪気のようなものは感じない。

そのことにどこか安心して、晴は奥の棚へと近づいた。

晴の眼前に、異形の影が現れたのはその直後だった。

「え……」

前触れもなく出現した怪物を、晴は言葉をなくして呆然と眺める。

それは優に水牛ほどもありそうな巨大な獣だった。容姿は猫に似ているが、隈取りを施されたような毛並みは、見るからに不気味でおぞましい。あり得ないほど大きな瞳が、闇の中で金色に輝いている。不規則に並んだ牙は鋭く、前肢の太さは晴の胴体ほどもありそうだ。

侵入者である晴を威嚇するように、怪物は荒々しく牙を剥いて唸る。

生臭く湿った息を吐きかけられても、晴はその場から動けなかった。恐怖に負けて目を逸らせば、その瞬間、背後から襲われるという恐怖がある。

「よせ、仙厳！」

和泉が怪物に向かって叫んだ。

「待って、衛」

晴を庇うために飛び出そうとした和泉を、真緒が冷静に押し留める。

その間、晴は怪物を正面から見据えて、その表情を観察していた。

静電気に似たピリピリとした刺激が、肌の表面に伝わってくる。

その刺激の源は、目の前にいる怪物だった。怪物の全身から放たれる妖気が、見えない糸を伝う電気のように、晴の肉体に絡みついているのだ。

だが、それは不快な感覚ではなかった。

使い慣れた道具を握ったときのような、不思議な信頼と一体感だけがある。

やがてまとわりつく妖気の糸を通じて、晴の中に怪物の意識が流れこんできた。

色褪せた鳥居。小さな社。緑の庭園。石灯籠。

目の前に広大な海が見える。煙を吐き続ける山も。

それは怪物の記憶だった。神として祀られていた、小さな獣の置物の記憶だ。

「神体……そうか……」

妖気の糸をたぐり寄せるようにして、晴は怪物へと呼びかける。

もはやそこに恐怖はなかった。

今の晴は怪物の目を通して、暗闇の中をどこまでも見通せる気がした。

この怪物の役目もわかっていた。彼はこの地の番人なのだ。

「きみは、ここにある特殊骨董たちを守っているんだね」

晴はそっと手を伸ばし、怪物の下顎にそっと触れた。

怪物はくすぐったそうに身をよじり、次の瞬間、小さな猫へと姿を変えた。晴は彼をそっと抱き上げる。真緒たちは驚愕に目を見張りながら、その光景を眺めていた。

「擬態したままの仙巌を手懐けたのか？」

信じられん、と低くうめいて和泉が首を振る。真緒は少し呆れたように苦笑して、

「予想以上ね。ねえ、陸」

「やはり、そうか」

最後に水之江が重々しくうなずいた。

猫を抱いた晴を見る彼の瞳には、はっきりとした怯えと憂いの色が浮かんでいた。

「間違いない。真継くんは、使主だ」


【捌】


港に面した高層ホテルの最上階から、狩野泰智は夕暮れの空を眺めていた。

穏やかな凪の海面が、炎に照らされたように赤く染まっている。

贅を凝らした料理に興味はなかったが、窓に映るその不穏な光景は、狩野をそれなりに満足させた。退屈な仕事の打ち合わせの対価としては、悪くないといっていいだろう。

ホテル内にある中国料理店の特別室だ。

部屋の広さの割りに小さな円卓を、三人の男たちが囲んでいる。

ひとりは狩野自身であり、その右側にいるのが、高藤と名乗る神経質そうな顔立ちの男である。

年齢は三十代の半ばほど。風貌や服装は、いかにも高学歴のビジネスエリート然としている。

だが、眼鏡の奥の瞳は暗く、のっぺりとした表情は無機質で冷ややかだった。それは、いわゆる経済ヤクザと呼ばれる人種にありがちな特徴だ。

表向きは企業コンサルタントという肩書きで活動している高藤だが、その実体は、樂龍会と名乗る暴力団の顧問なのである。

そして高藤の向かい側に座っているのが、狩野たちをこの場に呼び出した人物だった。

白髪が目立ち始めた五十歳前後の小柄な男。座倉義郎というのが彼の名前だ。

昏睡状態となっている座倉家の現当主——座倉統十郎の弟の息子。

すなわち真継晴の出現によって、遺産の相続権を奪われた男こそが彼だった。

「——座倉家の歴史は大正初期に、生糸を扱う小さな貿易商社として始まった」

義郎は果実酒のグラスを傾けながら、独り言のようにぼそりと呟いた。

狩野は、義郎の冗長な話を冷ややかに聞き流している。

義郎は狩野の依頼主というわけではない。あくまでも対等の取り引き相手に過ぎない。彼が座倉統十郎の遺産を引き継いだときに、そこに含まれる匣を買い取るのが狩野の目的だ。遺産相続がスムーズに運ぶように少しばかり手を貸したとしても、義郎の機嫌を取ってやる義理はない。

それについては、高藤の立場も本質的には変わらない。ここにいる三人は、それぞれの利害のために集まっているだけなのだ。

「当時は第一次世界大戦の真っ最中でな。欧米諸国がアジア市場に目を向ける余裕がなかった隙を衝いて、中国、アジア市場で一儲けしようと初代は企んだわけだ」

義郎が狩野を向いて説明を続ける。

狩野は無表情なまま首肯して、目の前に運ばれてきた骨付きの羊肉に齧りついた。

このホテル最上階の中国料理店は、座倉家が保有するグループ企業の一部門だ。

高級店として知られているが、経営的にはあまり上手くいっていないとも聞いている。

店の経営責任者は座倉義郎であり、多額の赤字を出した彼に対する批判は根強い。統十郎の遺産を手に入れることで、自らが抱えた負債を一掃する——それが義郎の目論見なのだ。

「もっとも世の中はそう甘くはない。座倉貿易の経営は、初っ端からことごとく逆風に見舞われた。大戦が終結すると世界には経済恐慌の嵐が吹き荒れ、その直後の震災で横浜港は壊滅的な被害を受けた。挙げ句の果てに二度目の世界大戦と敗戦だ。普通に考えて、なんの後ろ盾も持たない新興の貿易商社が生き残れるような環境ではない」

「——だが、座倉家は生き残った」

狩野がぞんざいな相槌を打った。話を遮られた義郎は、一瞬ムッとした表情を浮かべて、

「そうだ。それがなぜかわかるかね？」

「匣か」

「正解だ」

義郎は重々しくうなずいた。

「あの匣の中には、座倉家隆盛の歴史が詰まっている。それはつまり、座倉家の闇が詰まっているということだ。今となっては匣そのものにたいした意味はないが、その中身を誰かに渡すわけにはいかない」

空になったグラスを置いて、義郎は拳を震わせた。自分の言葉に興奮したのか、彼の語気は次第に荒さを増していく。

「それにもっと現実的な問題もある。座倉統十郎の孫などというものが存在する限り、あの死にかけの老人の遺産は私の手に残らないということだ。一銭たりともだ！」

　沈黙を続ける高藤を、義郎はキッと睨みつけた。

「なぜだ、高藤？　なぜ真継晴とかいう小僧が生きている？　おまえが奴を片付けたのではなかったのか？」

「やりましたよ。何度もね」

　高藤が溜息のような口調で言った。眼鏡越しの鋭い視線が、無感動に義郎を見つめ返す。

「それはあなたもご存じのはずだ。十九年前に彼の母親を殺したあなたならね」

「……あれは車両の整備不良が引き起こした不幸な事故だった。事故調査委員会の報告書にもそう書かれている」

　義郎が誰にともなく言い訳する。高藤はフッと息を吐き、

「ええ、そうでしたね。だったら、暴走トラックが商店に突っこんだのも、五月のビル火災も不幸な事故でしょう。建物を一棟まるごと吹き飛ばしたのに、中にいた人間が無傷で済むなんていったい誰が想像します？」

　苛立ちを隠そうともしない高藤の言葉に、狩野は、くっ、と失笑した。

　それを聞いた義郎が、不機嫌な視線を狩野に向ける。

「我々は、なにかおかしなことを言ったかね？」

「失礼。いささか興味深い話だったものでね」

くわえていた骨を吐き出して、狩野は新たな羊肉に手を伸ばした。

「興味深い？」

義郎が狩野を睨んだまま訊き返す。狩野はニヤリと頬を緩めた。

「単なる事故では真継晴は始末できないようだ」

「……そうかもしれんな」

義郎が静かに同意した。

真継晴が並外れた強運の持ち主であることは、今や誰の目にも明らかだった。

事故を装った迂遠なやり方では、彼を殺すことはできないのではないか――義郎自身、そう感じてはいたのだろう。

「高藤」

義郎が咎めるような眼差しで高藤を見た。

高藤はその視線を振り払うようにゆっくりと首を振り、

「わかっています。回りくどいやり方はもうやめにしますよ。直接殺しに行けば確実でしょう」

「ああ」

それでいい、というふうに義郎が微笑んだ。

「少々の騒ぎは構わんが、真継晴と座倉家の関係に気づかれるのは困るぞ」

「ご心配なく。真継晴ってのはけっこうな色男ですからね。女絡みのトラブルってことにしておけば、警察の連中も納得するでしょうよ」

「なるほど。悪くなさそうだな」

思い詰めていた義郎の表情に、ようやく余裕が戻ってくる。

真継晴という若者の女癖が悪いという情報は、義郎たちの耳にも入っていた。

気性の荒い連中の女に手を出して、それが原因で諍いになる――実にわかりやすい筋書きだ。適当な実行犯をあてがってやれば、警察がそれを疑う理由はないだろう。遺産相続を巡るいざこざだと彼らが気づく可能性は低かった。

「誰にやらせる？」

義郎が声を潜めて訊いた。高藤は、その質問を予期していたというふうに即答する。

「龍の爪を使います」

「貴様らが飼ってる若造どもか。使えるのか？」

「金でしか動かない連中ですから、少しばかり高くつきますがね」

高藤は家電製品の注意書きを読み上げるような口調で言った。

義郎は、ふん、とつまらなそうに鼻を鳴らす。

「相場の倍を払ってやれ。金はいつものプールの底に沈めてある」

「よろしいので？」

「微々たる投資だ。座倉統十郎の遺産が手に入ると思えばな」

義郎は悠然と立ち上がった。そのまま部屋を出て行こうとして、ふと思い出したように高藤を振り返る。

「だが、急げよ。我々には時間がない。あの老人はもう、いつくたばってもおかしくないんだ」

「承知してますよ。樂龍会と座倉家は運命共同体ですからね」

高藤が神妙な口調で言う。

義郎は満足そうにうなずいて、今度こそひとりで部屋を出て行った。

狩野は彼の背中を見送りもせずに、新しい骨付き肉に手を伸ばした。それを無表情に噛みちぎりながら、隣に座る高藤に訊く。

「龍の爪というのは、どういう連中だ？」

「ネイルズという暴走族上がりの小僧どもですよ。暴行傷害恐喝殺人なんでもござれの荒っぽい奴らでね。樂龍会とは持ちつ持たれつの関係です。最近は取り締まりが厳しくて、本職の暴力団は小回りが利きませんから」

高藤が丁寧に答えてきた。なるほど、と狩野は薄く笑う。

「あんたも一緒に行くのか？」

「監視役は必要でしょう。加減を知らない連中ですからね」

「俺も同行させてもらっても構わないか？」

狩野の唐突な問いかけに、高藤は訝るように眉を寄せた。

「それは構いませんが、なぜです？」

「少し確認したいことがある」

「……確認？　なにを？」

「真継晴は使主かもしれない」

「使主？」

高藤の瞳に困惑が浮かぶ。しかし狩野は、なにも説明しないまま一方的に続けた。

「それにあの場には杠屋の連中がいた」

「何者ですか？」

「特殊骨董処理業者だよ」

「あなたのご同業ですか」

高藤が驚いたように低く唸った。狩野は楽しげに微笑んだ。

「頭数は少ないが手強い相手だ。先代の当主が倒れてからは、しばらく姿を見かけなかったが、どうやら連中は真継晴を匿うことにしたらしい」

「彼らの目当ては？　やはり座倉統十郎の遺産の匣ですか？」

「だろうな。ほかに連中が動く理由がない」

ふむ、と高藤が顎に手を当てた。真継晴を保護する勢力の出現が、自分の脅威になることを危惧しているのだろう。だが彼はすぐに思い直したように首を振り、

「まあ、問題ないでしょう。皆殺しですよ」

「そうだな」

狩野は噛み砕いた骨を吐き出して、感情のこもらない声で呟いた。

窓の外の夕焼けが血のように濃さを増し、暗い夜の訪れを告げていた。

【玖】

炒めたニンニクとオリーブオイルの匂いが、晴の鼻腔をくすぐった。

恐ろしく古い家具ばかりで統一された、ヴィンテージアメリカン風の広い部屋だった。

杠屋の倉庫の二階にある社員寮の共用リビングだ。

オールドウッドのテーブルに座っているのは、晴と真緒。水之江は壁際のバーコーナーで、冷えたジンをストレートで啜っている。

そして和泉はキッチンに籠もってパスタを炒めていた。傍目にもフライパンを扱う彼の手際の良さは伝わってくる。厳つい外見からは少し意外だが、和泉は料理が得意らしい。

「できたぜ。テーブルを片付けろよ、真緒」

ワイシャツの袖をまくり上げた和泉が、トレイに載せたパスタを運んでくる。青唐辛子とベーコンのペペロンチーノだった。

「はいはい。晴、ごめん。この子をお願い」

立ち上がった真緒が、抱いていた猫を晴に手渡してくる。

和泉たちが仙厳と呼んでいた倉庫番の猫だった。彼らは猫神の特殊骨董と呼んでいたが、抱いてみても普通の猫としか思えない。茶色い毛並みのトラ猫だ。

しかし晴は、この猫が巨大な怪物の姿に変わることを知っている。

そして彼の本体の過去を――生命を持たない猫の置物としての記憶を晴は知っていた。倉庫で彼と遭遇したときに、晴の中へと流れこんできたからだ。

「味はどうだ？」

テーブルに着いた和泉が、晴に期待の眼差しを向けて訊いてくる。

晴はフォークに巻いたパスタを口に運んで、小さく声を洩らした。なんの変哲もない市販の麺を使っているはずなのに、専門店のようなモチモチとした食感だ。目が覚めるような辛さと旨味が、口の中で交互に広がっていく。

「あ、美味いです。すごく」

晴が驚いたように答えると、隣にいた水之江が顔をしかめた。

「真継くん、正直に答えてやってくれ。社交辞令を知らない馬鹿が調子に乗る」

「いえ、本当に。なんか後を引く辛さですね」

「だろ。こいつらにはそれがわからないんだよ」

我が意を得たりといわんばかりに和泉がガッツポーズを取る。

水之江は溜息交じりにジンのグラスを煽り、真緒は黙って肩をすくめた。晴の足下に寝そべる仙厳に、和泉がご機嫌で水と餌を運んでくる。

キャットフードに齧りつく仙厳を眺めながら、晴はふと隣に座る真緒を見た。

「あの、水之江さんがさっき言ってた話ですけど――」

「ん？　ああ、使主のこと？」

パスタを頬張ったまま、真緒が言う。

晴は小さくうなずいた。使主。おそらく生まれて初めて聞く言葉だ。

「使主(シシュ)というのは、体質のようなものだ」

咀嚼(そしゃく)中の真緒(まお)に変わって、水之江(みずのえ)が答えた。

「体質？」

「ああ。使主人(おみと)や使い主(つかいぬし)と呼ぶ者もいるが、呼び名にはあまり意味がない。要は特殊骨董を調伏(ちょうぶく)する者ということだ」

「調伏、というのは……？」

「現代風に表現するなら、支配(ドミネート)だな。器物と心を通わせて、それらの理(ことわり)を引き出すこと
――だが、言葉だけでは伝わりづらいな」

水之江(みずのえ)はグラスを置いて、少し考えこむように目を伏せた。

「そうだな。高速道路で遭遇した男のことを覚えているか？」

「狩野(かのう)と呼ばれていた人のことですか？」

「では、あの男と一緒にいた犬のことは？」

「ありゃコヨーテだ。犬じゃねえ」

食事中の和泉(いずみ)が、口にパスタを含んだまま指摘する。

「それはたいした問題じゃない」

水之江(みずのえ)がムッとしたように言い返した。

晴は苦笑して曖昧にうなずく。狩野という男が連れていた犬は、彼が背中に触れた直後に姿を消した。そして入れ替わるように彼の手の中には、大型拳銃が現れたのだ。

「あれが妖かし。付喪神だ。生まれて長い歳月を経た道具は、霊性を宿して妖かしへと変わることがある。杠屋が取り扱う特殊骨董というのは、そのような付喪神と化した器物を、現代風に言い換えたものにすぎない」

「たとえばこの子みたいにね」

真緒が裸足の爪先を伸ばして、仙厳の脇腹を軽くつついた。

トラ猫は迷惑そうに低く唸って、そのまま食事を再開する。

晴はその様子を、戸惑いながら見つめた。特殊骨董。妖かし。付喪神――それらの言葉から連想するおどろおどろしい雰囲気を、この小動物から連想するのは難しかった。

「妖かしというのは、つまり妖怪のことですか？」

「正確にはその一種かな。この子はもともとは猫神として祀られていた猫の像なのよ。養蚕や漁業の盛んな地方では、害獣である鼠を駆除してくれる猫を大切にする風習があったからね」

妖怪という非常識な存在を、真緒はあっさりと肯定した。

彼女のその反応で、晴は、彼女たちの荒唐無稽な話を逆に信じることができた。

妖怪という言葉で乱暴に括るなら、幾度となく死の危機を乗り越えてきた晴もまた、そちら側に近い存在なのだ。困惑よりも安堵が勝ったのは、幼いころから晴が感じてきた視線が、嘘や錯覚ではなく妖かしの仕業だと言われたような気がしたからだった。

「狩野が飼っていたコヨーテの本性は、拳銃だな。南北戦争以前に造られたパーカッション式リボルバーってやつだ。おまえも見ただろ?」

和泉が無関心な口調で言った。

「付喪神……あの拳銃が……」

晴は、すれ違いざまの一瞬だけ目にした狩野の拳銃の姿を思い出す。

あの拳銃が本物のネイビーリボルバーならば、おそらく百五十年以上前に製造された品ということになる。道具である拳銃が、付喪神になるには十分な時間だ。

「妖かしに変化した付喪神の姿は様々だ。器物そのままの姿を保つものもいれば、仙厳のように獣の姿を取るものもいる。あるいは人の姿へと変わるものもいる。獣の姿をとった妖かしは、獣として暮らす。人の姿をした付喪神は、人と同じように行動する」

水之江が覚悟を決めたように自分のぶんのパスタに手をつける。ポーカーフェイスを装ってはいるが、じわりと額に滲む汗までは隠せない。どうやら彼は辛いものが苦手らしい。

「あるいはこうも考えられる。人と同じように考え、行動するようになったから、その妖かしは人の姿になったのだと。自分からそうなりたいと願ったのかどうかは定かではないが」

「……人のように生きたいと願ったから、器物から人になったということですか？」

晴は少し驚いて訊き返す。心を持たないはずの器物に心が生まれたから妖かしになるのか、それとも妖かしになったから心が生まれたのか――まるで鶏と卵の論争だ。きっとこれも答えの出ない設問なのだろう。

「問題は、たとえどれだけ巧妙に化けたとしても、付喪神の本性は道具だということだ。当然、普通の獣や人にはない特別な力を持っている。霊性を宿した妖物としての力を」

水之江が紙ナプキンを口に当てて言う。

「もっとも、道具である妖かしは、単体ではその力を完全には使えない。付喪神を支配し、使役する誰かがいなければ――」

「それが使主と呼ばれる存在。あなたのことよ、真継晴」

真緒が、水之江の言葉を引き継いで言った。

彼女にフォークで指されて、晴は再び戸惑いを覚える。

「おれが……使主？」

「それも信じられないくらい強力な使主だ。正直、危険だと思えるほどに」

水之江が硬い口調で呟く。真緒はそんな水之江を咎めるように睨んで、

「陸」

「いいんです」

晴が微笑みながら真緒を制止した。

「子どものころから、ずっとそう言われてました。おまえは普通じゃない。恐ろしい子だって。その理由がわかって安心しました」

自ら口に出した言葉で、胸の奥につかえていた感情が実際に薄れた気がした。

妖かしを使役する人間がいるのなら、それもまた妖かしの一種に違いないだろう。周囲の人々が自分のことを恐れるのも無理はないと素直に感じられた。理由がわかってしまえば、諦めもつく。

「少し誤解があるようだが」

水之江が眉をひそめて言った。めずらしく本気で当惑しているような表情だった。

「俺が危険だと言ったのは、きみ自身にとってという意味だ」

「え？」

「能力を自覚しないまま、特殊骨董との接触を続けるのはきみにとって好ましい状況じゃ

ない。付喪神はしょせん道具だが、力のある道具だ。制御できないものがそれを扱えば、自分の身を滅ぼすことになる。無免許でダンプトラックを乗り回すのと同じ程度には危険だ」

「……でも、彼らはいつもおれを助けてくれました」

晴は思わず反論していた。使主であるという自覚がなかったのは事実だが、器物たちの声が聞こえるという理由で危険な目に遭ったことはない。それどころか晴は彼らに何度も命を救われている。暴走トラックの激突に巻きこまれずに済んだのも、今にして思えば、店にあった器物たちが晴に逃げろと警告してくれたからだ。

しかし水之江は晴の意見を言下に否定した。

「それは運が良かっただけだ。これまで悪意を持った付喪神に出会わなかった」

「人に悪意を持つ付喪神がいるんですか？」

「人の姿をした付喪神は、人と同じように行動する。人に悪意を持つ人間がいるなら、当然、悪意を持った付喪神もいる」

「それに悪意を持った使主もな」

和泉がぼそりと独りごちた。それは晴に向けた言葉ではなく、狩野か、あるいは晴の知らない誰かに当てつけた言葉のように感じられた。

「……おれは、なにをすればいいんですか？」

完全には納得できないまま、晴(はる)は、忌々(いまいま)しげにパスタを啜っている水之江(みずのえ)に尋ねた。水之江(みずのえ)は、青唐辛子の辛さに軽く噎(む)せながら顔を上げる。

「まずはきみ自身の能力を把握してもらう。それから、それを自由に操れるように訓練をする」

「訓練？　力を抑える方法を覚えるということですか？」

いや、と水之江(みずのえ)が首を振った。

「抑圧と制御はまったく違う。耳を塞(ふさ)いでいるだけでは状況はなにも変わらない。きみは妖かしを支配(ドミネート)する力を持っている。彼らの声を聞くだけではなく、きみが彼らを制御(ドミネート)するんだ。忘れるな、真継(まつぎ)くん。きみが妖かしの主人なんだ」

「もっとも使主(シシュ)の素質があるからって、妖かしならなんでも調伏できるわけじゃないけどね」

真緒(まお)が晴(はる)を見つめて楽しそうに続ける。

「たとえば彫像の付喪神ならだいたいどれでも対話できるって使主(シシュ)もいれば、特別に相性のいい一体とだけ話せるって使主(シシュ)もいる。そこは人それぞれよ」

「まあ、杠屋(ここ)には売るほど特殊骨董があるからな。どれかひとつくらいは相性のいい器物(ヤツ)

が見つかるだろ。そのあたりの棚に置いてあるのは、そこそこ聞き分けのいい奴らばかりだしな」

　和泉が無造作に背後の壁の棚を指さした。

　そこに置かれていたのは、やはり色褪せた古道具たちだ。革表紙の古書。年代物のタイプライター。時計。ラジオ。写真立て。インテリア雑貨かと思っていたが、どうやら違ったらしい。倉庫に入りきらなかった特殊骨董を、適当に飾ってあったのだ。

　もちろん和泉も、晴に向かって、今すぐ彼らと対話しろと命じたわけではないのだろう。晴自身、望んで彼らを支配しようとしたわけではない。

　だが意識しないようにしたことで、逆に意識が向いていたのかもしれない。気づいたときにはもう手遅れだった。晴の視界は不可視の妖気の糸をとらえ、晴の耳は彼らの声を聞いていた。倉庫で仙厳に遭遇したときと同じように、器物たちの記憶が晴の中に一気に流れこんでくる。

「妖かしと……対話する……」

「なんだと……!?」

　放心したように呟く晴を見て、和泉が頬を強張らせた。

　部屋中の古道具が放つ妖気が、晴の全身に絡みつく。

否、力を放っているのは晴だった。晴が放つ使主としての力が、蜘蛛の巣のように広がって部屋中の特殊骨董たちを搦め捕っているのだ。その不可視の糸は、自らの神経の一部のように特殊骨董たちの体内に入りこみ、彼らの構造と一体化し、すべての感覚を共有していた。

それに気づいた真緒が呆然と首を振る。彼女にも、晴のやっていることが視えているのだ。

「調伏したの!? ここにある特殊骨董を一瞬で……!?」

「馬鹿な……擬態してない無防備な状態とはいえ、これだけの数を同時に……だと!?」

水之江の声にも焦りが滲んでいた。晴がこれほどの力を発揮することは、彼ですら予想できなかったのだ。

「調伏……」

晴が真緒の呟きを無意識に繰り返す。それが呼び水になったかのように、晴に流れこむ力が勢いを増していた。棚に陳列された特殊骨董たちが小刻みに震え出し、その振動はやがて建物全体へと広がっていく。

「まずい……! もういい! よせ、真継晴!」

立ち上がった和泉が、晴の肩を揺さぶった。

晴は自分の肩に触れる和泉の手を、やけに生々しく精密に感じることができた。和泉の肉体の位置と形状と、そして内部の構造とその過去まで、完璧に知覚することができる。部屋の中にある特殊骨董たちと同じように——

「妖気に当てられたのか！　真緒！」

「やってる！　だけど、抑えきれないの！　あたしひとりの力じゃ——」

真緒が悲鳴のような声で叫ぶ。

晴は自分に接続された不可視の糸を、彼女が解きほぐそうとしているのを感じた。

しかし晴につながる妖気の糸は、今や密林にはびこる蔦のように部屋全体を覆い尽くして、真緒ひとりの手には負えない。そして彼女が手こずっている間に、晴が伸ばした妖気の糸は、和泉の内側にあるものを、手に取るようにはっきりと感じ取っていた。もはや糸の存在を意識することもなく、自らの一部であるかのように、晴はそれに手を伸ばす。闇の中で美しく輝く、重厚なその塊に——

「やめろ。俺に触れるな、晴！」

和泉が突然、荒々しく叫んだ。

同時に凄まじい抵抗を晴は感じた。それは激しい拒絶の意志だった。その衝撃に耐えきれず、晴が張り巡らせた不可視の糸が次々に焼き切れた。

驚きと恐怖に晴は我に返り、目の前にある和泉の顔を見る。

「和泉さん……おれは、いったい……」

晴がかすれた声で呟いた。自分の身になにが起きたのか、自分がなにをしようとしたのか、晴自身、理解できていないのだ。

周囲の古道具たちは震えを止めていたが、晴が撒き散らした力の残滓は今も残っている。あのまま晴が特殊骨董たちを支配し続けたら、なにが起きたのか、想像するだけでゾッとした。水之江が口にした危険という言葉を、ようやく心の底から理解する。

だが、晴が意識を保っていられたのはそこまでだった。

視界が不意に暗転し、平衡感覚を喪失する。思考がぼやけ、和泉の声が遠くなる。

「晴!?　おい、晴!?」

力尽きたように倒れこむ晴を、和泉が支えた。

彼の肉体の奥にある鋼色の塊を見透しながら、晴は完全に意識を失った。


【拾】

ひと気の絶えた夜の埠頭に、耳障りな排気音が響いていた。

低く威圧的な車高の改造車や派手なカラーリングを施されたオートバイが、飢えた獣たちの瞳のようにヘッドライトをギラギラと輝かせている。

車両は全部で十二、三台ほど。集まった人数は、二十人といったところか。

樂龍会の高藤が呼び集めた、ネイルズと名乗る暴走族の構成員たちだ。

それほど大規模な集団ではないが、いわゆる暴走族としては、彼らがまとう気配はどこか異質だった。無軌道な若者たちに特有の享楽的な雰囲気がなく、殺伐とした狂気に満ちている。

剥き出しの攻撃性と破壊衝動――

それを隠しきれない若者たちを目の当たりにして、狩野は、なるほど、とほくそ笑んでいた。真継晴殺害の実行犯として、高藤が彼らを頼みにする理由がわかった気がしたのだ。

狩野は自前のアストンマーティンではなく、高藤が用意したレクサスの助手席に座っていた。

ネイビーリボルヴァーの付喪神であるコヨーテは連れてきているが、今のところそれを使うつもりはない。今夜の狩野はあくまでも観察者だ。まずは真継晴を追い詰めて、彼の本性を確認するのが先決だと割り切っている。協力関係にある高藤の顔を立てる必要もある。杠屋の連中を相手にネイルズとやらがどれだけ使えるか、それを確かめるのも一興だった。

レクサスの運転席には高藤が座っている。

ビジネスエリート風の彼の服装は、野放図な暴走族の集団と比較すると明らかに浮いていて、どこか滑稽ですらあった。しかし高藤自身はそれを気にしてはいないようだ。

「全員揃ったぜ、高藤さん」

レクサスの運転席側の窓をノックして、若い男が高藤に呼びかけてくる。青く染めた短髪の、精悍で獰猛な顔つきの男だった。榎田と名乗る暴走族のリーダーだ。

「依頼の内容はわかっているな、榎田？」

「もちろん」

低い声で確認する高藤に、榎田は機嫌良く笑ってみせる。

「色男の大学生をぶっ殺して千二百万円だろ。最高だね」

「その拳銃は？」

榎田のライダースジャケットのポケットに突っこまれている回転式拳銃に気づいて、高藤は不快そうに眉をひそめる。

「いいだろ、本物だぜ」

お気に入りのオモチャをひけらかすように、榎田は拳銃を構えるふりをした。

「生意気な交機の白バイがいてさ。頭にきたから潰しちまった。こいつはそんときの戦利品だ。そうそう、高藤さんのとこで、こいつの弾丸、手に入んない？」

「手配しよう。三八スペシャル弾なら、南米系の業者が扱ってるはずだ」

「さすが、高藤さん。話せるね」

榎田が甲高い笑い声を上げた。そして彼は猛々しく歯を剥き出して、レクサスのダッシュボードに置かれた真継晴の顔写真を指し示す。

「しかしまあ綺麗な顔してるね、こいつ。殺すより、かっ攫ってどっかのマダムにでも売りつけたほうが金になるんじゃねえの？」

「余計な気は回さなくていい。今夜中に始末しろ。確実にだ」

高藤が低い声で警告した。榎田は再びけたたましく笑った。

「わかってるよ。俺たちは金さえ払ってもらえるなら文句はねえ」

周囲にいる仲間たちの顔を見回して、榎田はひとりの男に目を留めた。大柄だが、まだニキビ跡の目立つ少年だ。彼は跨がっていた改造バイクを降りて、手招きする榎田に近づいた。

「どうする、聡。こいつ、殺ってみるか？　おまえ、まだ未成年だっただろ？」

「いいのかい、榎田さん」

聡と呼ばれた少年は、薄い唇を嬉しそうにほころばせた。

「こいつのツラ、見た瞬間からムカついてたんだ。挽肉みたいにグチャグチャにしてやるよ」

「いいぜ、聡。そうこなくちゃな」

榎田が満足そうに微笑んだ。それからふと思い出したように高藤に訊いてくる。

「ところで、骨董屋の店員はどうすればいい？　なんて読むんだ？　紅屋か？」

「そいつらは任せる。好きにしろ」

高藤に変わって、狩野が短く答えた。

榎田はそんな狩野の顔をしげしげと眺めて、クックッと喉を鳴らす。

「素晴らしいね。そういうわかりやすい仕事は大好きだよ」

狩野と握手をする代わりに、榎田はポケットに入れた拳銃を軽く叩いてみせた。

取り巻きたちを引き連れて、彼は自分の車へと乗りこんでいく。V8エンジンを積んだシボレーカマロだ。ひときわ野太いエンジン音が埠頭に響き渡り、空転したタイヤが白煙を噴き上げる。

「よっしゃ、おまえら、始めるぞ。香取、道案内は任せた」

榎田が、大声で手下たちに怒鳴り散らす。大型バイクに乗った榎田の相棒が先頭に立って走り出し、暴走族の構成員たちが次々に続いた。凶暴な野犬たちの群れを見ているような光景だ。

高藤の運転するレクサスが、暴走族と少し距離を置いて最後に走り出す。

助手席に座った狩野は、コヨーテの背を撫でながら独り言のように低く呟いた。

「仕事の時間だ」


【拾壱】


いったい誰と話しているの――？

怯えた声で問いかけてきたのは、何人目の里親だっただろうか。

薄気味の悪い子だと、幼いころから言われてきた。おまえは普通ではない、と。

おまえが死ねばよかったのに――

面と向かって、そうなじられたこともある。

自分に聞こえる器物たちの声が、ほかの人々には聞こえないと理解したのもそのころだ。それはひどく意外で、理解し難いことだった。器物と言葉を交わせるのは、幼いころの自分には、当然のことだと思えていたからだ。

だから何度も失敗した。よかれと思ってやったことがことごとく裏目に出た。

危機が迫っていることを人々に訴え、疎まれた。

自分が知らないはずのことを——他人が隠していた秘密を何気なく口にして怒りを買い、周囲の大人たちは自分を遠ざけるようになった。

今にして思えば彼らは怒っていたというよりも、恐れ、怯えていたのだろう。

それが決定的になったのは、自分が傷を負わないという噂が流れ始めたころだ。

大きな事故に巻きこまれ、周囲の人々が傷つく中、自分だけはその危機を無傷で乗り越えた。器物たちが守ってくれたから。彼らが助けてくれたからだ。

しかしそんな訴えを、理解してくれる大人はいなかった。

そう、どこにもいなかったのだ。杠屋と呼ばれる店に来るまでは。


「みゃう……」

耳元で愛らしい鳴き声が聞こえた。

胸の上に茶トラの猫が乗っている。正確には猫の姿をした付喪神が。

そのことに気づいて、晴はソファの上で上体を起こした。長い年月を経て煤けた天井。古びた洋館風の壁とヴィンテージ家具のインテリア。杠屋の社員寮のリビングだった。

「おはよう。気分はどう？」

向かい側のソファに座っていた真緒が、晴の顔をのぞきこみながら尋ねてくる。

前にもこんなことがあったな、と思いながら晴は軽くうなずいた。多少の疲労は残っているが、気絶する前に感じていた意識の混乱や圧迫感は今はない。

「はい……大丈夫です」

「よかった。また診療所に連れて行くことになるかと思ってヒヤヒヤしたわよ。病み上がりの人間になにさせてるんだって、先生に怒られちゃう」

真緒が脱力したようにソファの背もたれにぐったりともたれた。彼女が本気で心配していたことが伝わってきて、晴はひどく申し訳ない気分になる。こんなふうに誰かに気遣ってもらった記憶がほとんどないので、どう答えればいいのかわからない。

「すみません、明無さん」

「真緒でいいわよ。あたしも晴って呼ばせてもらうし。依頼主に対して失礼かもだけど」

悄然とする晴を少し面白そうに見返して、真緒はにっこりと微笑んだ。

晴は気恥ずかしくなって彼女から目を逸らし、壁際に陳列された古道具たちを見つめた。

それがどのような遍歴を経てここに辿り着いた品なのか、晴にはすでにわかっていた。

彼らから流れこんできた記憶は、今も晴の中に残っている。

その膨大な情報を処理しきれずに、晴は意識を失ったのだ。

「おれは……いったい……」

「済まない。我々の責任だ。もう少しきみの安全に配慮するべきだった」

窓際に立っていた水之江が、晴に向かって深々と頭を下げた。

真緒も顔の前で両手を合わせる。

「本当にごめん。さすがにあれだけの数の特殊骨董を一斉に調伏するとは思わなかったから」

「調伏……あれが調伏なんですか？」

晴は、気絶する前に感じていた異様な感覚を思い出して声を震わせた。

あれは支配と呼べるようなものではなかった。

晴はただ特殊骨董たちの記憶に振り回されていただけだ。

「付喪神になるほどの器物には、かつての持ち主の技術や知識が刻みつけられている。使主は、その経験や記憶を受け継ぐことで、特殊骨董の力を引き出しているんだ。妖かしとしての特別な力は、器物としての本来の働きを形にしているだけに過ぎない」

水之江の淡々とした説明が、動揺している今の晴にはありがたく思えた。

付喪神たちの記憶とは、かつて彼らを所有していた人々の記憶でもあるのだ。

その記憶を一時的に借り受けることで、使主は特殊骨董を道具として扱えるようになる。

妖かしと化した彼らの異能の力でさえも。理屈としてはわからなくはない。

だが、晴はそれを恐ろしいことだと感じた。器物を通じて、見知らぬ誰かの記憶を受け継ぐということは、その誰かの人生を背負うということだ。喜び、悲しみ、恐怖、苦悩、そして叶わなかったかもしれない彼らの願い――それは晴にはあまりにも重すぎる。

「和泉さんは？」

晴は部屋の中を見回して訊いた。威圧感のある和泉の長身がどこにも見当たらない。

「屋上にいるわ。星でも見てるんじゃない？」

真緒が窓の外に視線を向ける。ブラインドの隙間から見える空は暗かった。晴が倒れている間に、完全に日が暮れていたらしい。

「怒ってましたか？」

意識を失う直前に聞いた和泉の言葉――俺に触れるな、という強い拒絶の意志を思い出して、晴は体温が下がるのを感じた。

晴はあのとき、和泉の記憶を一方的にのぞき見ようとした。それどころか晴は、彼が隠していた秘密に――彼の本体に触れようとすらした。和泉が腹を立てるのは当然だ。

「怒ってる？　きみに？　まさか」

真緒が呆れたように笑って首を振った。

「あれは拗ねてるっていうのよ。自分の過去をきみに知られたくなかったんでしょ。ああ見えて実は繊細なのよ。隠しても仕方がないのにね」

「和泉さんの本当の姿は……」

晴は怖ず怖ずと言葉を続けた。部外者が触れてはならない部分に、踏みこもうとしているという恐怖があった。

しかし水之江はそんな晴を見つめて平然と答える。

「ああ。俺と和泉の正体は、ここにいる連中と同じだよ」

「妖かしなんですか？　水之江さんも？」

「そうだ。きみならすぐに気づくと思っていた」

晴は一瞬言葉に詰まって目を伏せた。

「驚きました。ほかの人たちと、なにも変わらないように見えたから」

「付喪神が人間として振る舞うというのは、そういうことだ。人として過ごした時間が長くなればなるほど、存在が人に近くなる。決して人そのものにはなれないが」

水之江が、他人事のような口調で言った。

「ほかにも水之江さんたちのような人たちがいるんですか？」

「いや、本来は存在してはならないことになっている」

「え？」

晴は軽く混乱して目を瞬く。水之江は黙って自分の足下に目を向けた。

「特殊骨董は、発見次第、封印して安全な場所に隔離するのが原則だ。きみが下の倉庫で見た器物たちが、特殊骨董のあるべき姿だよ」

「でも、水之江さんたちは普通に人として暮らしてますよね？」

晴が水之江を見上げて訊く。いや、と水之江は首を振り、

「俺や和泉は特別だ。ある条件と引き換えに、人間として生活することを許可されている」

「条件？」

「ほかの特殊骨董を捕らえて封印すること。俺たちは同族を狩ることで、人間社会での生活を許されてるんだ」

「あ……」

晴は小さく息を呑んだ。水之江の言葉を反芻して、肌が粟立つような恐怖を覚える。特殊骨董処理業という職業の意味を初めて本当に理解する。

人の姿をした器物が――人ならざる妖かしが人間の社会にまぎれこんでいたなら、それは恐ろしいことだろう。だからといって、彼らを狩り出して封印することが正しいことだとは思えなかった。同じ妖かしが、それをやるというのであれば尚更だ。

「あのね、人間が作り出した道具だからといって、必ずしも付喪神が人間に対して友好的とは限らないの。人に害を為す危険な付喪神も存在するのよ」

真緒が言い訳するように、慌てて口を挟んでくる。

「彼らを捕獲するためには、同じ付喪神の力を借りなきゃならない。だからあたしたち杠屋のような、特殊骨董処理業者がいるってわけ」

「……すみません。おれはなにも知らなくて」

晴は自分が動揺したことを真緒たちに詫びた。

真緒は、気にしないで、というふうに首を振り、

「知らなくて当然よ。特殊骨董の存在を知ってるのは、お役所の偉い人と警察の担当者くらいだから。ま、杠屋自体は室町幕府の時代から続いている老舗なんだけどね」

「明無さんは――」

「真緒よ、晴」

晴の言葉を強引に遮って、真緒が訂正した。

「あたしは使主よ。特殊骨董と会話ができるだけの普通の人間。あなたと同じね」

驚く晴に、真緒は右手を差し出してくる。ハイタッチを求められているのだと気づいて、晴は慌てて手を挙げた。真緒が勢いよく晴と掌を合わせて、

「明無はそういう家系なの。一種の呪いという話もあるけど、生まれたときから、これだけの数の特殊骨董に囲まれて暮らしてれば、言葉くらいは通じるようになるわよね」

「生まれたときから……？」

「そう。あたしは杠屋の跡取りだから。今はまだ修行中の当主代理だけど」

真緒が少し得意げに胸を張る。

その直後、階段のほうからバタバタと足音が聞こえた。

寮の入り口のドアが開き、晴の知らない女が顔を出す。外国人風の小柄な女性だ。

「お疲れさまでーす」

リビングのソファに座る晴たちに気づいて、彼女はにこやかに手を振った。

インド・アーリア系の彫りの深い顔立ちでありつつも、せいぜい高校生にしか見えない童顔の持ち主だ。おまけになぜか紺地の浴衣を着ている。よくわからない不思議な組み合

わせだが、不思議とそれがよく似合ってもいた。

「あら。おかえり、律歌。早かったわね」

真緒が小首を傾げながら、浴衣の女性に手を振り返す。彼女たちの反応を見る限り、どうやら律歌と呼ばれた女性もこの寮の住人――すなわち杠屋の従業員らしい。

「加賀美は？　一緒じゃなかったのか？」

下駄履きのままリビングに入ってきた律歌に向かって、水之江が訊く。

その言葉が終わらないうちに、再び入り口のドアが開いた。どことなく疲れたような顔つきで現れたのは、就職活動中の大学生のような頼りない雰囲気の青年だった。

「言われたとおり、店のほうは閉めてきましたよ。まあ、どうせお客さんなんて誰もいませんでしたけど」

「閉めてきたって、陸がそう言ったの？　早仕舞いしろって？」

真緒が目を大きくして水之江を見た。

店というのは、元町にあるという杠屋の本店のことなのだろう。そちらの営業時間を切り上げるという話を、真緒は聞かされていなかったらしい。

「やあ。きみが真継くん？」

戸惑う真緒の横をすり抜けて、律歌が人懐こく晴に話しかけてくる。

「噂どおりの美形だねえ。あたし、西原律歌。よろしくね」

「え……と、杠屋の従業員の加賀美です。加賀美祥真」

加賀美もそう言って頭を下げた。

「真継晴です」

晴は立ち上がってふたりに会釈する。特に根拠はなかったが、彼らも和泉や水之江と同じ、付喪神なのだろう、と晴は直感した。

だが、そのことは不快でも不安でもなかった。友好的で感情豊かな彼らは、ある意味、普通の人間よりもよほど人間らしいと思えたからだ。

「大切な依頼人だから、失礼のないようにね」

真緒が頬杖をつきながら、律歌たちに忠告する。

少し遅れて上の階から、誰かが降りてくる気配がした。リビングが急に騒がしくなったことに気づいて、和泉が様子を見にきたのだ。

「うお……なんで、加賀美たちがいるんだよ。おまえらのぶんのメシは用意してねえぞ」

加賀美と律歌の姿に気づいて、和泉が迷惑そうな声を出す。

「ええ、ひどーい。陸ちゃんに呼ばれて慌てて戻ってきたのに」

律歌が抗議の声を上げた。加賀美も肩を落としている。

和泉はふたりを無視して水之江に歩み寄り、いつになく険しい表情を浮かべた。

「どういうつもりだ、水之江？　なんでこいつらを呼び戻した？」

水之江はなにも答えずに、無表情に窓の外を見た。

それだけで和泉は、相棒の考えを読み取ったらしい。声を潜めて質問を重ねる。

「来るんだな、晴を狙ってる連中が」

水之江はやはり無言でうなずいた。

和泉は、そうか、と呟いて荒々しく微笑む。

晴は、なぜか落ち着いた気分で彼らの会話を聞いていた。恐怖はなかった。動揺も。そんなふうに思える理由をしばらく考えて、晴はようやく答えに辿り着く。

自分は今、独りじゃない——

それは晴が生まれて初めて味わう感情だった。

【拾弐】

煉瓦造りの古い洋館が、夜空を背景にたたずんでいる。

路上に車を停めたネイルズの構成員たちは、闇に紛れながら建物を静かに包囲していた。

「これが骨董屋？　ずいぶんでかいな」

高藤のレクサスをのぞきこみながら、榎田が意外そうな口調で訊いてくる。骨董屋という言葉にそぐわない建物の様子に、目的地が合っているのかと訝しく思っているのだろう。

「ここは倉庫だ。回収した骨董品を保管していると聞いている」

ガードレールに寄りかかった狩野が、足下のコヨーテと戯れながら言った。

榎田が、少し興味を惹かれたように不揃いな歯を見せて笑う。

「へえ。持って帰ったら金になるのかい？」

「金払いのいい馬鹿な買い手が見つかればな」

狩野は素っ気なく首を振った。

「美術品だの骨董だのといったところで、しょせんは埃を被ったガラクタだ。まともなやり方では金にならない」

「いいのかよ。そんなことを言っちまって。あんたも連中の同業者なんだろ」

榎田が呆れ顔で狩野を見返してくる。狩野は皮肉っぽく笑って肩をすくめた。

「事実だからな。金払いのいい馬鹿を見つけるのが俺たちの商売だ」

「ははっ、狩野さんだっけ。あんた、正直だな。気に入ったよ」

榎田が感心したような口調で言った。狩野はそんな榎田を冷ややかに眺めて、

「価値はない——が、なるべく壊すな。危険物が混じっていたら面倒だ」

「危険物ね」

榎田は舌舐めずりするように唇を濡らす。

「よくわからないが、了解だ。ま、金にもならない骨董品なんか壊したところで面白くもないしな」

ふん、と興味を失ったように鼻を鳴らすと、榎田は仲間たちのほうへと戻っていった。

時刻は午後九時を過ぎたところだった。襲撃にはいい時間帯だ。人々が寝静まっている深夜では、ちょっとした物音でも警戒されるし、交通量が多すぎても少なすぎても目立つ。

「よし、バールを貸せ。俺が窓をぶち破る」

榎田が仲間を見回して、手際よく指示を出していく。

「中野と武田はバイクの連中を使って警備会社を足止めしとけ。聡は俺と裏に回る。香取はほかの連中を連れて正面から突っこめ。行くぞ」

おう、と口々に応じながら、暴走族の若者たちが闇の中へと散っていく。ギラついた殺意を撒き散らす彼らの姿は、統率のとれた凶暴な野犬の群れを連想させた。

「どうです、連中は？」

車を降りた高藤が、興味深そうに狩野に訊いてくる。

「たいしたものだ。この国のストリートギャングにしてはな」

狩野は上っ面だけの賞賛の言葉を口にした。彼らにはまるで関心を払っていないという態度だった。しかし狩野の口元には、うっすらと笑みが浮かんでいる。

「おかげで杠屋の付喪神どもの本性が見られるかもしれない」

「付喪神？」

高藤が、怪訝な視線を狩野に向けた。

狩野はそれを無視して背後を振り返る。

そこには、季節外れの黒ずくめの服を着た男が、薄闇の中に気配もなく立っていた。背はそれほど高くないが、姿勢がいい。大学生のような風貌のわりに表情が乏しく、どこか剣呑な気配がある。

「来たか、村田」

狩野の呼びかけに、村田と呼ばれた男は無言で会釈した。

そして彼は狩野を護衛するように、一歩離れた場所で立ち止まる。

「そちらの方は？」

高藤が用心深い表情で黒ずくめの男を見る。

「ちょっとした余興の小道具だ。化け物の相手をするには、こちらも化け物を用意しないとなな」

狩野(かのう)は、杠屋(あかなしや)の倉庫を見上げて独り言のように呟(つぶや)いた。

その直後、ガラスの割れる派手な音が鳴り響く。

暴走族の一団が、杠屋(あかなしや)の建物に侵入を始めたのだった。


倉庫の裏手でガラスが砕け散る音がした。榎田(えのきだ)が率いているチームが、建物の窓をバールで叩き割ったのだ。それを確認して倉庫の正面で待機していたチームも動き出す。窓をシャッターごとぶち破って堂々と中に入るのだ。ピッキングなどという、チマチマした面倒な手段を使うまでもない。ネイルズのいつものやり口だった。

警備会社が異変に気づいて、警察に通報するまでに四、五分。警察が駆けつけてくるまでに、さらに五分か十分はかかる。その上でネイルズの別働隊が警察車両を妨害して、もう十五分ほど稼いでくれる。優男の大学生を殺して逃げるには余裕すぎる時間だ。構成員の誰ひとりとして、今回の襲撃が失敗するとは夢にも思っていなかった。

もし不安があるとすれば、メンバーの誰かが暴力に夢中になってやり過ぎてしまうこと――そのせいで引き際を見失ってしまうことくらいだ。

ネイルズのナンバーツーである香取は、そうならないように目を光らせておく必要がある。

　まったく損な役割だ、と香取はぼやきながら建物の中へと飛びこんだ。なにしろ、もっともやり過ぎてしまう可能性が高いのは、リーダーの榎田なのだから。

「なんだ、こりゃ……」

　しかし建物の中に侵入するなり、香取は当惑に足を止めた。

　一緒に行動している仲間たちも、それぞれ途方に暮れたように、ぐるぐると同じ場所をうろつき回っている。

　鍵のかかった扉や荷物などに、行く手を塞がれているわけではない。ただ単に建物の内部が込み入っているだけだ。狭い通路が迷路のように複雑に入り組んで、香取たちの行く手を阻んでいる。誰がどういう意図で設計したのかわからないが、とても日常的に使用できるとは思えない馬鹿げた構造だ。

「いくらでかい倉庫だからって、道に迷うなんてあり得ないだろ……どうなってやがる？」

　次第に苛立ちを募らせながら、香取はうめいた。

　視界に映るのは、ぐねぐねと折れ曲がった通路と壁だけだ。

　いくらなんでもでかすぎる、と香取は思った。たしかに巨大な洋館だったが、これだけうろついておきながら、どの部屋にも行き当たらないとはとても思えなかった。

もしそんなことがあるとすれば、この建物が侵入者を惑わせるためだけに造られているのか、あるいは香取たちの感覚が狂わされているのかのどちらかだ。

「畠中、田村、そっちはどうだ？」

業を煮やした香取が、近くにいるはずの仲間に呼びかけた。複雑な通路を進んでいるうちに、いつの間にか彼らの姿が見えなくなっていたのだ。

だが、返ってきたのはくぐもった悲鳴だった。

壁を殴るような鈍い音が響き、人が倒れるような気配が伝わってくる。

「なんだ……!?　畠中、なにがあった!?」

香取が音を頼りに通路を駆け戻る。

「畠中!?」

通路に倒れている仲間の姿に気づいて、香取は慌てて駆け寄った。

靴底からざらりとした感触が伝わってきた。ガラスの破片が散らばっているのだ。

畠中は、全身に無数の切り傷を負ってうめいていた。特に右腕の出血が酷い。自分からガラスに殴りかかったとしか思えない傷跡だ。

通路が薄暗いせいでガラスに気づかずに突っこんでしまったのかもしれない。

だが、そもそもこんな場所にガラスがあっただろうか、と香取は訝る。

「があああっ！」

「っ!?」

新たな悲鳴が通路に響いて、香取は顔を上げた。やはり仲間の声だった。

同じ方向から、ガッ、という打擲音が聞こえてくる。雄叫びと荒い息づかい。誰かが香取の仲間を鈍器で殴り続けているのだ。

「くそ……なにをやってやがる!?」

先ほどまでよりも慎重な足取りで、香取は音の方向へと駆け出した。負傷している畠中も心配だが、状況がわからないのは更に厄介だ。

「田村か!?」

倒れた仲間の顔を確認して、香取が叫ぶ。

小柄で筋肉質な体つきの男が、頭から血を流して倒れていた。その背中を、べつの仲間が鉄パイプで滅多打ちにしている。ネイルズの構成員同士の仲間割れだ。

「浜岡!?　なにやってる!?」

鉄パイプを持った仲間を、香取は怒鳴りつけた。

その声に反応して、浜岡がゆっくりと顔を上げる。恐怖と狂気に歪んだ彼の表情に、香取は背筋が凍るような感覚に襲われた。

「ああああああっ！」

絶叫とともに浜岡が鉄パイプを振り上げ、香取に殴りかかってくる。

今の浜岡は完全に錯乱して、まともに話ができる状態ではなかった。目の前にいるのが仲間だということすら、彼には理解できていないのだ。

「くそがっ……！」

香取は反射的にボクシングの構えを取った。恐怖に囚われている浜岡の攻撃は隙だらけで、振り回される鉄パイプをかいくぐるのは難しくなかった。

香取の渾身の右フックが浜岡の顔面にめりこんで、鼻骨が潰れる嫌な感触が革手袋ごしに伝わってくる。ふらつく浜岡の顎にもう一撃を加え、相手が倒れたのを確認して、香取は荒い息を吐き出した。

重傷を負って倒れたのが三人。これで連れてきた仲間は全滅だ。目的の大学生と顔を合わせもしないうちに、香取はひとりきりになってしまったことになる。

「どうなってんだ、畜生！」

倒れた仲間たちを連れて、いったん外に出るか、と香取は背後を見た。

驚いて息を呑んだのは、目の前に突然、人影が浮かび上がったからだ。

黒革のジャケットを着た、厳つい顔のスキンヘッド。そこにいたのは香取自身だ。

「……なぜ鏡がこんなところにある？」

猛烈な不安を覚えて、香取はうめいた。

鏡に映っている自分の姿が、ぐにゃりと歪んだのはその直後だった。

頬の肉が削げ落ちて頭骨が剥き出しになり、肌は爬虫類のような鱗に覆われる。大きく裂けた口からは唾液が滴り、周囲に異臭が漂い出す。

「な、なんだ、てめえは——!?」

香取はたまらず絶叫した。作りものとは思わなかった。目の前の怪物から感じたのは、本能的な恐怖と嫌悪だ。

無意識に後ずさる香取を追って、怪物がゆっくりと近づいてくる。

「来るな！　こっちに来るんじゃねえ！」

香取は咄嗟に屈みこんで、足下に転がっていた鉄パイプを拾い上げた。怪物に向かって、必死の形相でそれを振り回す。その動きは、ついさっき香取自身が殴り倒した浜岡とそっくり同じだった。しかし今の香取には、それを自覚する余裕はない。

「近づくんじゃねえ、化け物！」

香取が鉄パイプを振り下ろした。怪物の頭部を潰した、と思った瞬間、伝わってきたのは、石を殴りつけたような激痛だった。

　怪物だと思って香取が殴ったのは、煉瓦造りの建物の壁だったのだ。

　衝撃に手が痺れて、香取は鉄パイプを取り落とす。

「無駄だよ」

　香取の耳元で声がした。狭い通路に何度も反射して、その声の主がどこにいるのかはわからない。まだ若い男の声だった。

「きみが見ているのは、きみ自身の魂の姿だから――自分からは決して逃げられない」

　一度は姿を消したはずの怪物が、再び香取の背後に現れる。

　まるで香取自身の感情を映すかのような、生々しい憎悪と殺気が吹きつけてくる。

「くそがあああああああっ！」

　恐怖に衝き動かされるままに、香取は怪物へと殴りかかる。

　だが、そこにあったのは怪物ではなくガラスだった。

　鏡のように香取の全身を映し出す、巨大で透明なガラスだ。

　殴りつけた衝撃でそのガラスが割れ、飛び散った破片が香取の全身に突き刺さる。

　裂けた血管から鮮血が噴き出し、香取は悲痛な絶叫を上げた。

「なんだ、今の悲鳴は？」

裏手から建物に侵入していた榎田（えのきだ）は、香取（かとり）の悲鳴を聞いて低く唸（うな）った。

ネイルズの構成員は全員が血の気の多い武闘派だが、腕っ節の強さでいえば、香取（かとり）は仲間内でも一、二を争う。その香取（かとり）が悲鳴を上げる状況など、にわかには想像できなかった。

しかし助けに行こうにも、建物の通路は複雑に入り組んで、自分たちが今いる場所すらわからない。

「くそ、なんなんだ、この建物は。真継晴（まつぎはる）ってガキはどこにいる……!?」

榎田（えのきだ）は激しく憤りながら、右手の拳銃を握りしめた。

さんざん焦（じ）らされたせいで、苛立ちがピークに達している。目の前に真継晴（まつぎはる）が出てきたら、問答無用で鉛弾をぶちこんでやらなければ気が済まない。

そんなことを考えながら、榎田（えのきだ）は通路の突き当たりで立ち止まる。

その瞬間、ゴッ、と鈍い衝撃が榎田（えのきだ）の後頭部を襲ってきた。

「が……っ!?」

視界が揺らぎ、声が漏れた。痛みというよりも熱さがある。背後から誰かに殴られたのだ。

振り返った榎田の瞳に映ったのは、バールを構えた金髪の男だ。

「……てめえ、聡！　なんのつもりだ!?」

自分を殴りつけた仲間に向かって、榎田は荒々しく歯を剥いた。

本田聡は、これまでさんざん榎田が目を掛けてきた後輩だ。その後輩に不意討ちされるとは、夢にも思っていなかった。

「はあ？　あんたがやれって言ったんじゃねえか」

怒りを露わにする榎田を眺めて、聡がきょとんとした表情を浮かべる。嘘をついている気配はなかった。普段の彼とまったく変わらない従順な態度だ。

「なんだと？」

榎田は銃口を聡に向けながら眉を寄せた。そんな榎田の耳元で声がした。聡の声だ。

「どうした、びびってんのかよ。いつまでも偉そうに先輩面してんじゃねえぞ、クソチビ」

「……面白ェじゃねえか、聡」

榎田が怒りに肩を震わせた。通路が暗いせいで、聡の表情はわからない。だが、彼の声を聞き間違うような距離ではなかった。

「違う、榎田さん。今の声は俺じゃねえ」

「ふざけんな、くそが！」

榎田は拳銃の銃把で、聡を殴りつけた。聡の顎が跳ね上がり、でっぷりとした大柄な身体がふらふらと後退する。

「待ってくれ……本当に俺が言ったんじゃねえんだ……」

「全然効かねえな、チビ」

聡はなおも弁解を続けようとしたが、新たな声がそれをかき消した。

榎田の耳に届いたのは、上書きされた声だけだ。

「殺してやる！」

怒りにまかせて榎田が聡を蹴倒した。屈みこむ後輩を、榎田は更に何度も踏みつける。

「全然効かねえな」

そんな榎田を嘲笑うように、声が続けた。

小馬鹿にしたような聡の口調に、榎田は荒々しく咆吼した。

拳銃を構え、引き金を引いた。吐き出された弾丸が聡の腿をかすめて、鮮血が散る。

「全然効かねえな」

それでも声は、まったく変わらない口調で応えてきた。

そこでようやく榎田も異常に気づく。彼が容赦なく蹴りつけたせいで、聡は意識朦朧となったボロボロの状態だ。それなのに聡の声だけが、異様に鮮明に聞こえてくるのだ。

「なん……だと？」

拳銃を握りしめたまま、榎田は喉をひくつかせた。

そのとき通路の奥から声がした。クスクスと笑う女の声だ。

「悪趣味だぞ、西原」

野太い声が、女をたしなめるように言った。

「ごめん。でも、おかしくて」

女が笑い含みで言い訳する。声の主は黒い背広を着た長身の男と、外国人風の若い女だった。彼らは気配もなく突然そこに現れたのだ。

「誰だ」

榎田が反射的に彼らに拳銃を向けた。その瞬間、右手首に激痛が走って拳銃が吹き飛んだ。

黒背広の男の手には、鞘に収められたままの刀が握られていた。その刀が榎田の拳銃を叩き落としたのだ。

「店員だよ。てめえらが不法侵入してきた骨董屋のな」

言い終える前に、男は刀を無造作に突き出した。胸の中央――鳩尾の急所に凄まじい衝撃を受けて、榎田は悶絶。悲鳴を上げることもできずにその場にくずおれた。

【拾参】

「水之江(みずのえ)、これで全員か？」

和泉(いずみ)は自分が殴り倒した暴走族の若者を眺めて、疲れたように息を吐いた。

不法侵入の犯罪者を殴っても心が痛むわけではないが、警察への届け出や、救急車の手配、そして壊れた窓の修理――諸々の面倒な後始末を考えると気が重い。

「倉庫に入ってきたのは、その男で最後だ。正面から来た連中は加賀美(かがみ)が片付けた」

通路の奥の階段を使って、水之江(みずのえ)が上階から降りてくる。

少し遅れて、晴(はる)と真緒(まお)も姿を現した。

変貌(へんぼう)した倉庫の中を見回して、晴(はる)は大きく目を見張る。

だだっ広いだけの空間だった倉庫内部は、出口の見えない複雑な迷路に変わっていた。

建物の面積自体、何倍にも膨れ上がっているように感じられる。似たような通路が四方に延びて、まるで侵入者を惑わす城砦のようだ。

「すごい……この建物にこんな仕掛けが……」

目の前の壁に触れながら、晴(はる)は感嘆の声を漏らした。

「倉庫に仕掛けがあるわけじゃないの。これが陸の能力よ。奇門遁甲って聞いたことない？」

真緒が微笑みながら種明かしを始める。

晴は頼りなくうなずいて、

「中国の兵法ですよね。三国志で諸葛亮が使ったという……」

「そう。それって本当は占いなのよ。式盤を使う占術――式占の一種なの」

「式盤……」

晴は驚いて水之江を見た。

襲撃者の来訪を予言し、彼らを惑わせた。水之江が晴の前で見せた異能は、まさしく真緒がいう式盤の働きそのものだ。

「西原さんは？」

晴は、気絶した襲撃者たちを縛り上げている律歌を眺めて訊いた。

「あの子の本性は琵琶だから。音を操って、彼らに同士討ちをしてもらったの。思ったよりも酷いことになっちゃったけど、それは彼らの自業自得ってことで」

通路に飛び散った血痕を見下ろして、真緒が肩をすくめた。まさか仲間に向かって躊躇なく発砲するとは、律歌たちも予想していなかったのだ。

「真緒、警察を呼んでくれ。俺よりおまえが通報したほうが、お巡りどもの心証がいいだろ」

和泉が、階段の途中にいる真緒を見上げて言った。

水之江も思い出したように振り向いて、

「ついでに太刀森老人にも連絡を頼む。この状況で正当防衛が認められないとは考えづらいが、弁護士に間に入ってもらったほうが手続きがスムーズに運ぶだろう」

「はいはい、了解」

真緒がくるりと踵を返して寮のリビングへと戻ろうとした。

その彼女が、電気に打たれたように突然動きを止めた。薄暗い倉庫の中に再び轟音が響いたからだ。加賀美がいる正面入り口の方向だ。

「銃声だと？　紛れこんできたチンピラがまだいたのか？」

刀を握り直して、和泉が銃声の方角を睨みつける。水之江が作り出した幻覚のせいで遠くに感じられるが、実際の距離は倉庫一区画ぶんしか離れていないのだ。

拳銃を持った人間がいると思うと、安心していられる状況ではない。たとえ相手が銃の扱いについては素人の暴走族だとしても、だ。

「違うぞ、和泉」

だが、水之江が浮かべた表情は、和泉以上に真剣なものだった。

すべての感情を圧し殺したような冷ややかな口調で、水之江は言った。

「奴が来た。狩野だ」


目の前の浮かび上がる死神めいた男の姿を、狩野は愉快そうに眺めて笑った。

鏡に映る狩野自身の姿が、ゆっくりと形を変えていく。黒い靄に覆われた怪物の姿へと。

「照魔鏡か」

くっくっと狩野は喉を鳴らす。鏡に映し出された怪物は、ただのぼんやりとした黒い塊だ。それはいわば虚無だった。殺意も怒りも憎悪もない空虚な魂——恐怖を映し出す鏡には、恐怖を持たない人間の心は映らないのだ。

「無駄だ。使い手のいない道具にできるのは、せいぜい人を脅かすことだけ。俺には効かない」

狩野は、巨大なパーカッション式リボルバーを鏡に向けて引き金を引いた。

轟音とともに弾丸が吐き出され、目の前の鏡が砕け散る。

その奥から低くうめく声がした。

幻が消えてあらわになった通路の奥に、ひょろりとした若い男の姿が見える。左肩を押さえて逃げ出す男のあとを、狩野は悠然とした足取りで追いかけた。

「わざと外した」

自分の手の中の銃に向かって狩野が呼びかける。なぜ獲物を見逃したのか、という不満げな気配が、銃から漂ってきたからだ。

「あの鏡が流した血が、正しい道順を教えてくれる。人の振りをする道具というのも、たまには役に立つものだな」

狩野は同意を求めるように、ちらりと自分の背後に目を向けた。

そこには黒ずくめの無表情な男が、幽鬼のように気配もなく立っていた。


「どうなってる、水之江？」

周囲の風景が変わったのを確認して、和泉が訊いた。

幻影の通路が消滅して、建物の内部はただの倉庫に戻っている。多数の特殊骨董が陳列された、見覚えのある光景だ。その急激な変化に晴はあらためて驚愕する。

「駄目だ。陣が破られた。狩野には、俺の目眩ましはもう通用しない」

険しい表情を浮かべて、水之江が言った。

奇門遁甲などという物々しい呼び方をしているが、要は錯覚を利用した奇術の類いである。一度タネが割れてしまえば、同じ手は使えないということらしい。

「僕のせいです。すみません」

駆け戻ってきた加賀美が、情けない表情を浮かべて言った。

彼の上着の袖が破れて、流れ出した鮮血が大きな染みを作っている。狩野の拳銃で撃たれたのだ。それほど深い傷ではないが、見るからに痛々しい。

「狩野が相手じゃしょうがないわ。気にしないで。まだ動ける？」

優しい言葉をかけつつも、真緒は加賀美を休ませるつもりはないらしい。

加賀美は涙目になりつつ、やけくそ気味に息を吐く。

「ええ、なんとか」

「よし。真緒と水之江は、今すぐ晴を連れて逃げろ。西原と加賀美は外のチンピラどもを頼む」

倉庫を仕切っている扉を睨んで、和泉が思いつくままに指示を出す。

「衛は？」

真緒が硬い表情で和泉を見た。和泉は握っていた刀を軽く掲げて、

「俺はあいつを足止めする。どうせ奴の狙いは俺だろうからな」

「ひとりで狩野の相手をするつもり!?　相手はネハレムの使主なのよ!?」

真緒が語気を荒くして叫ぶ。彼女の瞳に浮かんでいたのは、和泉を失うことへの恐怖だった。

「適当に時間を稼いで逃げるさ。そのうち警察や警備会社も来るんだろ?」

和泉は投げやりに笑って歩き出す。その背中に向かって、水之江が言った。

「五分だ、和泉」

「あん?」

和泉が怪訝な顔で振り返る。

「車を回す。五分後に正面玄関から外に出ろ」

水之江が、普段と同じ冷静な口調で言った。理由も目的も説明しない。

しかし和泉は訊き返すことなく、不敵に唇の端を吊り上げた。

「五分か。狩野の馬鹿をおちょくるにはちょうどいい時間だな」

無責任な言葉を残して立ち去る和泉を、晴は不安な表情で見送った。

狩野という人物の能力を晴はほとんど知らないが、真緒たちの反応を見ているだけで、彼がどれだけ危険な男かはわかる。そんな相手を、和泉はひとりで足止めしようとしているのだ。それも、出会って間もない晴を守るために、だ。

　和泉たちが代価として求めている匣とやらが、どれほど高価なものだとしても、和泉の命を危険に晒すほどの価値はないはずだ。だが、それがわかっていても、晴にできることはなにもない。どうすればいい——と、苦悩に耐えかねて晴は唇を噛む。

「真継くん」

　その晴を不意に水之江が呼んだ。いつになく真剣な彼の表情に、晴も無意識に姿勢を正す。

「頼みがあるんだが、話を聞いてもらえるだろうか？」

　水之江の口調は硬かった。式盤である彼ですら、晴の安全を保証できないような、不確定で危険な依頼を告げようとしているのだと感じられた。

「それで和泉さんを助けられるのなら」

　晴はためらうことなくそう言った。

「すまない」

　水之江が、安堵と苦しみの入り混じった表情でうなずいた。

「陸？　晴になにをやらせる気？」

　真緒が水之江を睨んで訊いた。水之江は、倉庫の外へと向かいながら短く言った。

「支配(ドミネート)だ」

死神を連想させる痩身(そうしん)の男が、乱雑な倉庫の中をゆっくりと歩いている。

余裕ぶっている、というよりも、彼には焦(あせ)る理由がないのだろう。

真継晴(まつぎはる)の命を狙っているのは、あくまでも暴走族の連中で、狩野(かのう)にしてみれば今夜の襲撃が成功しようと失敗しようと、おそらくどうでもいいことなのだ。

それなのに狩野(かのう)が襲撃につき合っているのは、晴(はる)の能力を確かめるためだろう。

おそらく狩野(かのう)は、晴(はる)が使主(シシュ)だということに気づいている。特殊骨董の力がなければ、晴(はる)が、これまで生き延びてきたことに説明がつかないからだ。

だからといって晴(はる)の力が、具体的にどのようなものかはわからない。そこで今夜の襲撃を利用して、それを確かめようとした。

そんな狩野(かのう)にしてみれば、焦って晴(はる)を追いかける必要はない。むしろ晴(はる)を護衛する杠(あかなし)屋(や)側が、自分を倒すために策を練るのを待っている素振りすらある。和泉(いずみ)たちが小細工を弄(ろう)すれば弄するほど、自分たちの手の内を晒すことになるからだ。

それがわかっているから、和泉(いずみ)はひとりで狩野(かのう)の足止めをすることを選んだ。馬鹿正直に狩野(かのう)の目論見(もくろみ)につき合ってやる義理はない。

「久しぶりだな、狩野(かのう)。まだネハレムの走狗(イヌ)をやってんのか？」

堂々と狩野(かのう)の前に姿を現して、和泉(いずみ)は挑発的に言い放った。

足を止めた狩野(かのう)の右手には、特殊骨董であるネイビーリボルバーが握られている。だが、それよりも警戒するべきなのは、彼の背後に立つ黒ずくめの男のほうだった。

この距離まで近づけば、わざわざ確認するまでもなくわかる。あの男の正体は特殊骨董――それも和泉(いずみ)と同じ刀剣の付喪神(つくもがみ)だ。

「貴様は今も杠屋(あかなしや)なんかで燻(くすぶ)っているんだな、和泉守(いずみのかみ)」

狩野(かのう)が嘲(あざけ)るように笑って言った。

瞳孔の小さな彼の瞳には、和泉(いずみ)を本気で憐れむような光が宿っている。

「こんな生温い店には見切りをつけて、俺のところに来い。その力、存分に振るわせてやるぞ。こいつのようにな」

狩野(かのう)は拳銃を足下に置いて、自由になった右手を背後の男に伸ばした。

黒ずくめの男の姿が消えて、狩野(かのう)の手の中に一振りの刀が現れる。

「新顔だな」

和泉(いずみ)はわずかに重心を落とした。いつでも刀を抜けるようにと鯉口を切って身構える。

そんな和泉の前で、狩野がすらりと刀を抜いた。刃長は二尺二寸ほど。刃文がほとんど目立たない工業刀だ。

「東京砲兵工廠製、村田陸軍少将作の軍刀だ。日清、日露の戦場を生き延びた実用刀――量産品とはいえ侮るなよ」

「べつに侮りゃしねえよ。うちは骨董屋だからな。売ってくれるんなら、喜んで引き取るぜ？」

和泉がぶっきらぼうに言い返す。

美術品としての評価は総じて高くないといわれる軍刀だが、その品質は千差万別で、道具として優れた性能を持つものも少なくない。人の姿を取れるほどの特殊骨董ならば、杠屋で封印するのに十分な資格を備えていると思って間違いないだろう。

「付喪神風情が、ずいぶん人間臭くなったものだな」

狩野が軽く呆れたように苦笑する。そして彼は無造作に刀を振り上げた。

「だったら買ってもらおうか。あいにく売りに来たのは、刀じゃなくて喧嘩だがな――！」

「ちっ！」

凄まじい踏みこみとともに撃ちこまれた狩野の斬撃を、和泉はギリギリのところで受け流した。妖気を帯びた軍刀の威力に、和泉の刀が激しく軋んだ。

和泉の愛刀は狩野の軍刀とは違う、単なる無銘の骨董品だ。付喪神にはなれないし、そんなものになる必要もない。当然、特殊骨董とまともに打ち合える代物ではない。

だから和泉は、自分自身の妖気を刀に流すことで、かろうじて狩野に対抗していた。

だが、そんなやり方では、いずれ限界が訪れる。使主を持たない和泉の力では、狩野の斬撃を防ぐだけで精いっぱいなのだ。

「よく受けた。さすが杠屋、なかなかの業物を揃えているな！」

狩野が哄笑とともに二の太刀を放った。受けきれないと判断した和泉は、横っ跳びにそれを回避する。目標を見失った軍刀が倉庫の壁に激突するが、狩野は構わず振り抜いた。

煉瓦造りの倉庫の壁を、特殊骨董の刃が深々と斬り裂いていく。

「狩野……！　マジか、てめえ……！」

和泉がギリッと奥歯を鳴らした。

刀とは斬ることに特化した道具だ。それゆえに、使主によって能力を引き出された刀の特殊骨董は、煉瓦の壁すら容易に斬り裂く。だがそれは、一歩間違えば、刀自身を破壊しかねない危険な使い方でもあった。おそらく妖気の消耗も尋常ではないはずだ。

それでも狩野の攻撃には一切の迷いがなかった。特殊骨董をただの道具だと割り切って、使い潰すことも厭わない狩野だからこそできる戦い方だ。

「どうした、和泉守。俺をもっと楽しませろ！」

「ぐ！」

狩野の猛攻を避けきれずに、和泉は軍刀の一撃を自分の刀で受け止めた。

だが、使主を持たない今の和泉と狩野の軍刀では、扱える妖気の絶対量が違い過ぎる。

ほんの一瞬だけ拮抗して、次の瞬間、あっさりと限界が訪れた。

狩野の斬撃に絶えきれず、和泉の刀が砕け散る。

「使主を持たない付喪神では、やはりこの程度か――」

狩野が落胆したように呟いた。武器を失った和泉は、壁際に追い詰められて唇を歪める。

最初から勝ち目のない戦いだったのだ。それでも時間を稼ぐという目的は果たした。あとは、水之江たちが晴を無事に逃がしてくれていることを祈るだけだ。

「もう一度答えを聞かせろ、和泉守。俺のものになれ。おまえに相応しい戦場を用意してやる」

軍刀の切っ先を向けたまま、狩野が尋ねてくる。

この期に及んでの狩野の執着に、和泉はうんざりと溜息をついた。

たしかに狩野は優れた使主だ。和泉のための戦場を用意するという、彼の言葉も嘘ではないだろう。だからこそ和泉は、狩野に使われてやるわけにはいかない。優秀な使い手だからこそ、狩野には和泉を握る資格がないのだ。

「烏滸がましいぜ、狩野。おまえの汚い手で握られると思うだけで、俺は吐き気がするんだよ」

和泉はふてぶてしく言い捨てた。そうか、と狩野は静かに溜息をつく。

「残念だ。ならば、ここで貴様を処理してやる」

狩野が再び軍刀を振り上げた。和泉は反撃の糸口を探すが、実戦慣れした狩野に隙はない。

ここまでか、と和泉が唇を噛んだとき、和泉の背後を眩い光が照らした。

倉庫入り口の金属扉が勢いよく開いて、ランドクルーザーのヘッドライトが射しこんでいる。

約束どおり、水之江が逃走用の車を回してきたのだ。そして——

「和泉さん！」

聞こえてきた青年の叫び声に、和泉は今度こそ背筋を凍らせた。

開け放たれた扉の前に立っていたのは、真継晴だった。

「晴!?　馬鹿野郎！　なんで戻ってきた!?」

和泉が背後を振り返って怒鳴る。

晴を殺すのが本来の目的ではないにしても、狩野は、間違いなく晴の命を狙っている連中の仲間なのだ。しかも狩野は、晴を確実に殺せる武器を持っている。そんな男の目の前に、晴は、不用心に飛び出してきたのだ。

「はっ……はははははははは！　こいつは傑作だ！　まったく無駄骨だったな、和泉守！」

狩野がたまりかねたように爆笑した。和泉を無視して、狩野は晴のほうへと向き直る。

いくら慎重な狩野でも、ここまで来たら、わざわざ晴の能力を確かめるまでもない。手にした軍刀の一振りで、彼は簡単に晴の命を奪えるのだ。

「貴様の始末は俺の仕事じゃないが、ついでだ――悪く思うなよ、真継晴」

「ああ、くそ！　そういうつもりか、水之江！」

和泉は乱暴に舌打ちしながら、晴の傍へと駆け寄った。

近づいてくる狩野を睨みながら、背後の晴に乱暴に呼びかける。

「晴、俺を使え！」

「え？」

晴が戸惑いの表情を浮かべて和泉を見た。だが、もう迷っている暇はない。

「調伏だ。やり方はわかるな。俺を抜け、晴！」

はい、と晴は無言でうなずいた。

なにをすればいいのか、おそらく晴も正確に理解しているわけではないのだろう。

だが和泉は、彼にそれができることを知っていた。

そして晴自身、身体のどこかでわかっているはずだった。

晴が和泉の胸元に伸ばした使主の力が、人に擬態した和泉の本体に触れる。

その手が、和泉の柄を握る。

漆黒の柄巻きを施した太刀の柄を――


「なに!?」

狩野が低く驚愕の声を漏らした。

晴は眩いヘッドライトの輝きに包まれたまま、そんな狩野を静かに見つめ返す。

ふたりの間にいたはずの、和泉の姿は消えていた。

否、彼は特殊骨董としての本来の姿に変わって、晴の手の中に握られている。印籠刻みの黒鞘に包まれた、二尺八寸近い大振りの打刀として。

それが和泉の、付喪神としての本性なのだ。

「やはり使主か、真継晴。まさか和泉守が貴様に帯刀を許すとはな」

獰猛な笑みを口元に浮かべて、狩野が軍刀を構え直した。

「だが、貴様にそいつを使いこなせるか？　試してやろう、真継晴！」

煽るような狩野の口上を、晴は無表情に聞き流す。

晴の意識は、手の中にある和泉の本体だけに向けられていた。彼の意思と彼の記憶、そして彼の感情、想い――そのすべてが晴へと流れこんでくる。

「和泉さん……あなたは……！」

妖気に包まれた和泉の本体を、晴は無造作に構えて抜いた。

その動きは緩やかなようでいて、鞘から零れる銀光は紫電の速度だった。

今や和泉の記憶はすべて晴の中にある。それはすなわち、和泉自身が記憶している剣の技を、晴もまた使いこなせるということだ。和泉の過去の使い手たちの技を――

狩野の軍刀の一撃を、晴が放った銀の閃光が受け止めた。

互いに妖気に包まれた刃同士の激突。だが、その衝撃が晴の手に伝わることはなかった。

狩野の握る軍刀を、和泉の本体が一瞬で薙ぎ払っていたからだ。

「ちっ……！」

狩野が舌打ちとともに後退した。

晴が叩き折った軍刀の先端が、床に落ちて甲高い音とともに跳ね返る。

狩野の軍刀の刀身は、半分も残っていなかった。一方の和泉の本体は無傷だ。あふれ出した妖気がゆらゆらと陽炎のように立ち上り、禍々しい気配を撒き散らしている。

「やれやれ、村田刀でもこの有様か……」

狩野は折れた軍刀を惜しげもなく投げ捨てた。

そして短く口笛を吹く。

その口笛に反応したのは、闇の中に潜んでいたコヨーテだった。獣の姿をした付喪神が狩野の足下へと駆け寄ってきて、本性である拳銃の姿へと変わる。

晴の足下へと一発撃って間合いを取り、その隙に狩野は、背後の窓へと残った弾丸をすべて撃ちこんだ。木製の鎧戸とガラスが砕け散り、人が通れるだけの隙間が空く。

「次は貴様の相棒に見合うだけの道具を用意しておく。また俺を楽しませてくれ、真継晴!」

その言葉は負け惜しみというよりも、彼の本心なのだろう。満足そうな高笑いを続けながら、狩野は窓の外へと飛び出した。

晴は刀を鞘に収めて、ゆっくり息を吐いた。

極度の緊張から解き放たれて、足下がふらつく。

その晴の背中を力強い腕が支えた。人の姿に戻った和泉が、晴の隣に立って、感情の読めない複雑な表情を浮かべている。

「大丈夫、晴!?」

車の運転席から降りてきた真緒が、晴たちのほうに駆け寄ってきた。建物の周囲にいた暴走族の残党は、加賀美と律歌が捕らえたらしい。

遠くからパトカーのサイレンの音も聞こえてくる。ひとまずの危機は乗り切った恰好だ。

「あいつを寄越したのはおまえか、水之江」

和泉が車を降りた水之江に近づいた。今にも殴りかからんばかりの険しい形相だ。

水之江が約束どおりに晴を連れて脱出しなかったこと、それどころか、狩野と戦わせて晴を危険に晒したことを和泉は怒っているのだ。

「まさかああも簡単におまえを使いこなすとはな。予想以上だった」

和泉に胸ぐらをつかまれたまま、水之江は悪びれることもなくそう言った。

怒りで全身を震わせながらも、和泉はなにも言い返せない。結果的に、晴が和泉を支配して狩野を撃退したのは事実なのだ。

「和泉さん、すみません。おれは――」

乱暴に水之江を突き放す和泉に、晴は怖ず怖ずと声をかけた。

伝えたいことは無数にあった。和泉の過去を視てしまったこと、彼が支配されることを拒んでいた理由を知ったこと――

しかし、それを声に出して伝えることはできなかった。

気軽に言葉にしてしまうには、和泉の過去はあまりにも重すぎた。

「おまえが謝ることじゃねえよ。助かったぜ」

晴に背中を向けたまま、和泉は軽く右手を上げた。

そして、晴と目を合わせることもないまま、彼は寮の部屋へと戻っていった。

【拾肆】

夜明け前から降り始めた雨は、正午近くになって少し激しさを増したようだった。

水滴に濡れた窓を眺めながら、晴は杠屋の社員寮で眠気覚ましのシャワーを浴びている。

晴たちが、昨夜の襲撃事件の後始末から解放されたのは、明け方近くになってからのことだ。それから軽く仮眠を取ったが、寝不足気味なのは隠せない。

それでも事件の規模を思えば、警察の事情聴取や現場検証は、あっさり終わったほうだろう。

特殊骨董（こっとう）がらみの事件ということで、警察があまり捜査に乗り気でなかったのがその理由のひとつ。杠屋（あかなしや）のような老舗（しにせ）の特殊骨董処理業者は、地元の警察署にとって、存在は知っているがなるべく関わりたくないという消極的な共存関係にあるらしい。

そしてもうひとつの理由は、晴（はる）の命が狙われていたという事実を杠屋（あかなしや）側でもみ消して、単なる住居不法侵入事件で片付けたせいだ。

薬物を使ってハイになった暴走族の構成員たちが、骨董屋の倉庫に入りこんだ挙げ句に、仲間割れで負傷騒ぎを起こした——それが昨夜の事件の筋書きということになっている。

暴走族内部での同士討ちがあったことは事実だし、彼らが化け物などの幻覚を見たと主張していたこともあり、警察はあっさりとその筋書きを採用した。

おかげで少なくとも夜が明けてからは、杠屋（あかなしや）はいちおうの平穏を取り戻している。

だから晴（はる）が寝不足になった理由は、事件の後始末に追われていたというよりも、精神的なものだった。

自分を殺そうとしている人々がいること。彼らと直接対峙したこと。さらには使主（シシュ）として、初めて自分の意思で特殊骨董の力を使ったこと——

その緊張と昂揚（こうよう）と罪悪感にどう向き合えばいいのか、晴（はる）はまだ答えを出せずにいる。

「真継くん、すまない。食器を運ぶのを手伝ってくれないか？」

シャワーを終えて共用リビングを訪れた晴に、キッチンにいた水之江が呼びかけた。昼食の支度の途中なのか、室内には淹れたてのコーヒーの匂いが漂っている。

テーブルの上には、すでに一通りの昼食メニューが並んでいた。

グリーンサラダとスープとカリカリに焼いたベーコンを載せたパンケーキ。パンケーキには手製のジャムとホイップクリームも添えられている。専門店で出されるようなスフレ風の本格的なパンケーキだ。

「これは水之江さんが作ったんですか？」

晴は少し驚いて訊いた。水之江はなぜかバツが悪そうに顔をしかめて、

「いや、用意したのは和泉だ。出かける前に作り置きしていったらしい」

「和泉さんはもう出かけたんですか？」

晴は表情を曇らせる。昨夜、晴が使主として彼を使って以来、和泉とは話をしていない。そのせいか互いに気まずい気分だけが残っている。

もっとも和泉と顔を合わせても、なにを話せばいいのか晴にはわからなかった。命が懸かった状況とはいえ、晴は彼の記憶を勝手にのぞいたのだ。和泉が怒るのも無理はなかっ

た。

　他人に嫌われるのは慣れているつもりだったが、さすがにここまではっきりと自分に非がある状況は初めてだ。その事実が晴を戸惑わせる。

「あいつは今日は店番だ」

　淹れたてのコーヒーをカップに注ぎながら、水之江が言った。

「店番？　和泉さんが、ですか？」

「接客態度は褒められたものではないが、面倒な冷やかし客を追い返す役には向いている。力仕事の役にも立つしな」

　水之江が淡々と説明する。

　特殊骨董処理業者といっても、普段から妖かしの相手ばかりをしているわけではないらしい。杠屋も表向きは単なる老舗の骨董屋なのだ。和泉たちも平時は店に出て、一般客の相手をしているのだろう。強面の和泉が店番をしている姿をすると、どこか微笑ましく感じられる。

「起きろ、真緒。食事の邪魔だ」

　テーブルに突っ伏して寝ていた真緒を、水之江が乱暴に揺り起こした。

　自分の部屋に戻るのも面倒だったのか、真緒はシャワーを浴びてそのままリビングで眠っていたらしい。タンクトップに短パンだけという無防備な服装で、髪にはバスタオルを巻いたままだ。すらりとした長身の彼女がそんな恰好をしていると、色っぽいというよりは、小洒落た映画のワンシーンを見ているような印象を受ける。

「相変わらず融通の利かない男ね。もう少しゆっくり寝かせなさいよ。昨日あんな騒ぎがあって疲れてるのよ」

のろのろと顔を上げた真緒が、恨みがましい視線を水之江に向けた。

「だったら自分の部屋に戻って寝ろ。あと、ちゃんとした服を着ろ」

水之江が顔をしかめて小言を言う。口うるさい父親と娘の会話を連想させるやり取りだ。妖かしである水之江はほとんど歳を取らないし、一方の真緒は幼いころから杠屋で育っている。父娘のような関係になるのはむしろ当然だろう。

家族らしい家族を持たずに生きてきた晴には、そんな彼女たちの様子がひどく新鮮だった。人間同士でもなく、道具と人間の関係とも違う、妖かしと人の絆を興味深く感じたのだ。

それは付喪神を使い捨てにする狩野とは、決定的に違っていた。一口に使主といっても、様々なタイプがあるということなのだろう。

そして晴は、ふと和泉のことを考える。

かつての彼の使主は、どのような人間だったのだろうか、と――

「おはよ、晴。よく眠れた？」

ふわ、と大きくあくびをして真緒は微笑んだ。

「ええ、なんとか」

晴は少しだけ嘘をつく。

「壊れた建物、直ったんですね」

「倉庫の特殊骨董の中に、そういう特技を持つものがいるんだ。この建物自体、半ば付喪神のようなものだしな」

晴のぶんのコーヒーを用意しながら、水之江が言った。真緒が異様に疲れているのは、建物の修理のために特殊骨董の力を使ったせいらしい。

「水之江さん、その怪我は？」

コーヒーを啜る水之江の頬が、紫に腫れていることに気づいて晴が訊いた。

水之江は決まり悪そうな表情で首を振る。

「ああ、これは気にしなくていい。狩野たちの襲撃とは関係ない」

「衛に殴られたのよね」

そう言って真緒はクスクスと笑った。

「和泉さんに……？　もしかしておれが和泉さんを使ったせいで？」

晴は驚いて身を乗り出す。知らないところで、水之江と和泉の間に一悶着あったらしい。

「いや、そういうわけじゃない。奴は、俺がきみを危険に晒したことを怒っているんだろう」

水之江が無関心な口調で言った。晴を気遣っているわけではなく、彼なりに客観的な事実を告げているつもりなのだろう。

「衛の記憶、見た？」

切り分けたパンケーキを口に運びながら、真緒が何気ない口調で訊いた。

「はい……そうですね、少しだけ」

晴は曖昧にうなずいた。そっか、と真緒は手の中でくるくるとフォークを回す。

「あたしは衛を抜けないのよ」

「え？」

「杠屋の先代でも駄目だった。使主だと認めてくれなくて。ああ見えて神経質なのよ、あいつ」

「どうして？」

真緒の意外な告白に、晴は呆然と息を吐く。

頑なに支配されることを拒んでいた和泉が、出会ったばかりの自分に力を貸してくれた──それがどれほど特異な出来事だったのか、あらためて思い知る。

「その理由は、きみのほうがよくわかってるんじゃないかな？」

しかし真緒は、どことなく思わせぶりな口調でそう言った。

晴は途方に暮れたような顔で彼女を見返した。自分が和泉を抜くことができた理由に、思い当たることはなにもない。和泉の過去の使い手たちと、晴は似ても似つかないからだ。

「おれは……なにも……」

晴が首を振りかけたとき、廊下から乱暴な足音が聞こえてきた。目つきの悪い長身の男が、ぬっとリビングに顔を出す。

「他人のことを好き勝手言ってんじゃねえよ、真緒」

「え？　衛？」

いきなり現れた和泉を振り返って、真緒が目を瞬いた。

「なんで戻ってきてんのよ。仕事は？」

「今やってんだろ。客を案内してきたんだよ」

和泉が、親指で自分の背後を指さして言う。

「客？」

真緒が訝しげに目を細めたとき、小柄な影が和泉の背後から静かに歩み出た。

英国風のスーツを堅苦しく着こなした、小柄な中年男性だった。スーツの襟元には、金色の弁護士バッジが輝いている。

「失礼。こちらに真継晴様がいらっしゃるとうかがいまして」

男が中折れ帽を取って会釈した。

「知り合い？」

真緒が警戒したような表情で晴に訊いてくる。

晴は黙ってうなずいた。この男性とは以前にも何度か会ったことがある。

「申し遅れましたが、私、坂上と申します。本日は、座倉統十郎氏の顧問弁護士としてこちらに参りました」

男が名刺を差し出した。真緒は慌てて口元を拭って立ち上がり、男の名刺を慇懃に受け取る。

「座倉家の顧問弁護士さん？」

「然様です」

「一昨日のトラック事故を知って、晴の見舞いに来てくれた――ってわけじゃなさそうね？」

　真緒が少し意地悪な口調で質問した。

　座倉家が、相続人であるはずの晴のことを何週間も放置していたことを皮肉っているのだ。

「事故の件はうかがっております。杠屋の皆様が、真継様を保護してくださっていることも」

　坂上は、感情を乱すことなく会話を続けた。

「ですが、本日こちらに参ったのは、その件ではありません」

「もしかして、統十郎氏が亡くなったの？」

　真緒がハッと表情を硬くした。

　晴の祖父、座倉統十郎は、ここしばらく昏睡状態に陥っていたと聞いている。いつ亡くなってもおかしくない容態だったのだ。

　しかし坂上は、やはり平静な表情で首を振った。

「いえ。そうではありません。長らく昏睡状態が続いておられた座倉統十郎氏は、本日未明に意識を回復されました」

「意識を回復？　目を覚ましたってこと？　晴のお祖父様が？」

　真緒の声が半音高くなる。

晴の立場が曖昧になっていたのは、座倉統十郎が死に瀕して、意識をなくしていたからだ。

だが、座倉家の当主である彼が目覚めたことで、相続に関するややこしい問題が、一気に解決する可能性が高くなった。晴が統十郎と実際に顔を合わせて、その場で、財産分与について決めてもらえばいい。晴が命を狙われる危険が減るわけではないが、少なくとも法的な揉め事の目は消える。

「ただし主治医の見立てでは、現在の小康状態は長くは続かないであろうとのこと。次に昏睡に陥った場合、再び目を覚ます可能性は極めて低いということです」

坂上はあくまでも慎重な口調で続けた。

「つきましては、真継晴様を、これより直ちに座倉本家にお連れいたしたいと思い、こちらに参った次第です」

「座倉統十郎氏が、真継くんに面会すると言っているのか？」

水之江が無遠慮に確認する。

「然様です」

坂上は即座にうなずいた。

真緒が半眼になって坂上を睨んだ。

「なんか今更の話ね」

「その点につきましては、私からはなんとも。ただ、座倉氏に残された時間が、あとわずかであるということはご理解いただきたく」

「追い詰められてようやく会う気になったたってことね」

真緒が辛辣な口調で吐き捨てる。

「なんにせよ、おそらくこれが最後の機会だ。遺産相続の手続きをスムーズに進めるためにも、会わないわけにはいかないだろう」

水之江が真緒をたしなめるように言った。真緒はなおも不満げに唇を尖らせて、

「晴はいいの？　お祖父様と直接顔を合わせることになるけど」

「おれは――」

晴は少しだけ言い淀み、そしてきっぱりと言い切った。

「会います。それで、昨夜みたいなことが、二度と起こらないようになるのなら」

「そっか」

真緒が大げさに肩をすくめた。晴が納得しているのなら文句はない、と割り切ったのだろう。

「なあ、弁護士さん。統十郎氏の屋敷には、俺たちも同行していいんだよな？」

それまで沈黙を続けていた和泉が、不意にぼそりと訊いた。

「杠屋の皆様がですか?」

坂上が初めて表情を動かした。和泉の申し出を意外に思ったのだろう。

「名目はなんでも構わないぜ。秘書でも護衛でも運転手でもな」

和泉が厚かましく笑って言う。坂上は少し考えてゆっくりと首肯した。

「承知しました。では、皆様がご同行される件、屋敷の者にもお伝えいたします」

「よろしくお願いします。我々もすぐに準備しますので」

水之江がコーヒーを飲み干して立ち上がる。

自分の車に戻るという坂上を水之江が送り出している間に、真緒は、着替えのために自分の部屋へと戻っていった。

「大丈夫か、晴。初めてなんだろ、祖父さんと顔を合わせるのは」

残ったパンケーキを急いで食べている晴に、和泉がぼそりと尋ねてくる。

和泉が自分のことを気にしてくれているのだと知って、晴は少し驚いた。

「はい」

うなずく晴を見て、和泉は、ぐしゃぐしゃと前髪をかいた。柄にもなく晴を気遣っている自分を、らしくない、と感じているのかもしれない。

「和泉さん」

居心地悪そうに背を向ける和泉を、晴は咄嗟に呼び止めた。和泉は目を眇めながら振り返り、

「なんだよ」

「あの、パンケーキ、美味いです」

晴が少し間の抜けた口調で言った。

和泉は一瞬、面喰らったように動きを止めて、だろ、とふてぶてしく笑ってみせた。

【拾伍】

真緒の運転する黄色いルノーが、高速道路を西へと走っていた。

晴の祖父が療養しているという、相模原の座倉本家に向かっているのだ。

「霧が出てきたわね」

水滴に濡れたフロントガラスを眺めて、真緒が眉間にしわをよせた。

朝からの雨は小降りになっていたが、座倉家の屋敷に近づくにつれて霧が濃さを増している。

「座倉統十郎の屋敷が、こんな僻地にあるのはさすがに想定外だわ。こんなことなら
やっぱり衛の車に乗っていけばよかったかも」

「和泉の車は狩野に見られているからな」

助手席に座る水之江が、真緒の愚痴に馬鹿丁寧に返事をする。

「はいはい。あっちの車は、座倉家に着く前に襲われるかもしれないってことでしょ」

真緒が面倒くさそうにかぶりを振った。

和泉の運転するランドクルーザーは、律歌と加賀美を乗せて、真緒たちとは別ルートで
座倉家の屋敷に向かっている。狩野たちの目を惹きつけるのが目的だ。

座倉統十郎が目を覚ましたからといって、晴が命を狙われている状況に変わりはない。

むしろ最後の好機ということで、座倉家に向かう晴を狙ってくる可能性すらある。

そんな中、和泉の車に晴を乗せて移動するのは危険だと水之江は主張した。

その結果、晴は和泉と別れて行動することになったのだ。

「もしかして、和泉さんたちを囮にしたんですか？」

ルノーの後部座席に座っていた晴が、唖然としたように訊いた。

真緒は悪戯がバレた子どものような表情を浮かべて、

「まあ、それもあるってだけ。どちらにしてもあの車に六人全員は乗れないしね。なにか

あったときのことを考えたら、車は二台あったほうが便利かなって」

「真緒、次の道を左だ」

国道を道なりに進もうとしていた真緒に、水之江が唐突な指示を出す。

「……左？」

真緒はスピードを落としながら視線を左に向けた。

標識もなにもない細い横道が見えてきたのは、交差点に差しかかる直前だった。山の奥に分け入っていくような険しい坂道だ。

「この道、ナビに表示されてませんね」

晴がカーナビの画面を見ながら指摘する。だろうな、と水之江は当然のように言った。

「ここから先は座倉家の私道だ」

「私道？　座倉家の土地ということですか？」

晴は車窓越しに周囲を見回した。個人の所有地とはいうものの、境界を示す建物や柵はどこにも見当たらない。丹沢に近い広大な山林すべてが、座倉家の所有地ということらしい。

あまりにも範囲が広すぎて、個人の土地といわれてもまるで実感がわかない。ここが人里離れた山奥ならまだしも、せいぜい都心まで電車で一時間足らずの距離なのだ。

「この辺り一帯、全部？　どんだけ金持ちなのよ？」

真緒が呆れたように嘆息する。

水之江は手に持ったタブレットを無表情に眺めて首を振った。

「土地の値段そのものは、たいしたことはないはずだ。主要な幹線道路から外れているし、農作に適した地形でもないからな」

「一般庶民から見れば、それでも十分に金持ちってことになるのよ」

「たしかにな」

水之江がめずらしく素直に同意する。

「だが、座倉家が持っている土地は、ここ二十年ほどで半分以下にまで減っている。保有していた株などの資産も、大半が売りに出されているような有様だ」

「へえ、絶賛没落中って感じね」

真緒が意外そうに片眉を上げた。

大富豪というイメージとは裏腹に、座倉家の財政状況は決して安泰とはいえないらしい。

「経営が厳しいのはどこも同じだと思うけど……なにかあったの？　商売が上手くいかなくなるような理由が？」

「上手くいかなくなったというよりも、座倉グループの経営規模を考えれば、今の状況が分相応ともいえる。むしろ、これまで羽振りが良かったことのほうが異常なくらいだ」

「異常って、どういう意味？」

「本業以外に収益源があったのかもしれない、ということだ」

水之江の迂遠な説明を聞いて、真緒が嫌そうに顔をしかめた。

「なんだかキナ臭い話になってきたわね」

「キナ臭い？」

話に取り残されていた晴が訊き返す。水之江は静かにうなずいて、

「狩野と一緒に杠屋を襲撃してきた連中は、ネイルズと名乗る暴走族だった。噂では、彼らの背後には樂龍会という暴力団がついているらしい」

「暴力団……」

「そういえば、晴の修理屋さんに突っこんだトラックの運転手は、麻薬中毒だったのよね？」

真緒が不意に思い出したように呟いた。晴が表情を強張らせる。

「あの運転手は、暴力団に利用されたということですか？　おれを殺すための道具として――」

「証拠はない。連中も証拠を残すような真似はしていないだろうしな」

水之江が事務的に説明した。

「和泉さんたちは、無事なんでしょうか？」

晴が後方を振り返って訊いた。真緒はルームミラー越しにそんな晴の反応を眺めて、

「気になる？」

「ええ」

「うーん……衛ひとりだけだとちょっと怪しいけど、祥真と律歌もついてるからたぶん大丈夫よ。あのふたり、ああ見えて意外に頼りになるからね」

半ば自分に言い聞かせているような口調で真緒が続けた。

「それに真継くん、狩野の軍刀をへし折ったんでしょ。いくら狩野でも、そう簡単に代わりの特殊骨董を用意できるとは思えないから」

「はい……」

納得したわけではなかったが、晴は形だけうなずいた。次はべつの道具を用意しておくという、立ち去り際の狩野の言葉を、真緒は聞いていないのだ。

「あの狩野って人の目的はなんなんでしょうか？　和泉さんとは知り合いみたいでしたけど」

「今はネハレムに雇われているが、奴はもともと刀剣専門の収集家だ」

水之江が殊更に平坦な口調で言った。

「収集家(コレクター)……ですか？」

「使主(シシュ)としても一流で、武器に限ればほとんどの特殊骨董を使いこなす。だから予備の刀剣をすぐに用意できても不思議はない。いちおうそれは頭に入れておいてくれ」

楽観的な真緒(まお)の予想を、水之江(みずのえ)がやんわりと否定する。

だが、晴(はる)が興味を惹かれたのはべつにことだった。

「刀剣の収集家(コレクター)だから、和泉(いずみ)さんに執着を？」

ああ、と水之江(みずのえ)が小さく失笑する。

「それが和泉(いずみ)に嫌われている理由だな」

「どうして？」

「狩野(かのう)は人を斬ることを躊躇(ちゅうちょ)しないからだ」

水之江(みずのえ)が何気なく告げた言葉に、晴(はる)は息を呑(の)んだ。

「自分が、人を傷つける以外の役に立たない刀という道具であることに、あいつは劣等感を持ってるんだよ。だから自分を刀として扱おうとする狩野(かのう)を嫌っている。真緒(まお)たちを使(シ)主(シュ)として認めなかった理由も同じだ」

そう言って水之江(みずのえ)は、いつになく優しい表情で晴(はる)を見た。

「和泉(いずみ)がきみを避けているのは、きみに怒ってるわけじゃない。あいつはただ怯(おび)えてるんだ。自分がきみに使われることで、誰かを傷つけるんじゃないか、とね」

「おれが狩野さんの軍刀を折ってしまったから……？」

晴が硬い口調で訊く。

昨夜、晴は和泉の本体を使って、村田と呼ばれていた付喪神を破壊した。それは和泉にしてみれば、自分の同類を殺したのと同じことではないのだろうか。

「それは気にしなくていいよ。彼は杠屋が責任もって直すから」

無言でうつむく晴に向かって、真緒は力強く笑いかけた。

「……直す？　修理するんですか？」

「知り合いの刀匠に打ち直してもらおうと思ってる。まあ、彼の場合は、そのまま倉庫に封印されることになると思うけど」

「そう……ですか」

よかった、と晴は息を吐き出した。自分が付喪神を殺さずに済んだことよりも、和泉を傷つけずに済んだことにホッとする。

そして晴はふと顔を上げ、恐怖に表情を凍らせた。

真緒が運転する車の前方――霧に覆われた細い山道に、白い人影が浮かび上がっている。

「真緒さん！」

「え!?」

ハンドルを握っていた真緒が、晴の叫びに反応して、反射的にブレーキペダルを踏みこんでいた。耳障りなスキール音が鳴り響き、がつんと、つんのめるように減速する。

スリップして派手にバランスを崩した車体を、真緒は乱暴なハンドル操作で強引に立て直した。生来の反射神経のよさを感じさせる見事な対応だ。

かろうじて横転を免れた黄色いルノーは、山側の斜面に乗り上げて、大きく傾いたところでようやく停止する。真緒の反応が少しでも遅れたら、転倒して走行不能の大惨事になっていたはずだ。

「痛ったあ……」

シートベルトが喰いこんだ肩を押さえて、真緒が弱々しい呟きを洩らす。

「なにがあった、真緒?」

眼鏡のズレを直しながら、水之江が冷静な口調で訊いた。

「なにって、歩行者が飛び出してきたからよけたのよ。危うく轢いちゃうところだったわ」

運転席のシートにもたれて、真緒が弱々しく反論する。

視界と路面の悪さを警戒して、スピードを落としていたのは幸運だった。濃霧に包まれた雨の山中に、歩行者がいるとは普通は思わない。

「しかし路上には誰も見あたらないが？」

水之江が落ち着いた態度で指摘した。

「はぁ？」

真緒が困惑したようにあたりを見回す。だが、水之江の言うとおりだった。ついさっきまで人影が立っていたはずの場所には誰もいない。痕跡も残さず消えている。

真緒の車と衝突しそうになったのは、ほんの十数秒前のこと。たとえ驚いて逃げ出したとしても、見失うようなことはないはずだ。

「どういうこと……？」

真緒が運転席のドアを開け、傾いたままの車から飛び降りた。

雨でぬかるんだ路上には、人の足跡のようなものは見当たらない。もちろん、倒れた人影や血痕などもない。

「すみません。おれの見間違いだったのかも」

同じように車を降りた晴が、自信なさげに真緒に言った。

先程までに比べると雨風はだいぶ弱まっていたが、そのぶん霧が濃さを増していた。光の加減によっては、道路沿いに立つ木々の枝を人影と間違えても不思議ではない。

「ううん、あたしにもたしかに人影が見えた。でなきゃ、急ブレーキなんてかけないし」

真緒が半ばムキになってそう主張する。霧を通行人だと思いこんで事故を起こしかけたとは、意地でも認めたくないらしい。

「お互い幽霊でも見たのかしらね……」

晴と顔を見合わせて、真緒が不満そうに呟いた。

「興味深いな。幽霊などというものが本当にいるのなら、ぜひ見てみたいものだ」

皮肉っぽい口調で独りごちる水之江を、真緒がムッと睨みつける。

「自分が妖かしのくせに、幽霊の存在は信じてないわけ？」

「妖かしと幽霊はまったく異質な存在だ。依り代となる器物のない付喪神が存在しないように、肉体を持たない魂だけの人間も存在しない」

「ふうん。まあ、陸がそう思ってるならそうなのかもね」

真緒は否定とも肯定ともとれるようにあやふやに笑う。

そんなふたりのやりとりを聞きながら、晴はふと動きを止めた。目に見えないかすかな輝きが、白い霧の中を漂っているように感じられた。

「晴？」

「なにか感じたのか？」

真緒と水之江が、立ち止まる晴を見て訊いてくる。

「すみません。杠屋で感じたようなはっきりした気配とは違うんですけど……」

「いや……これは、たしかに妖気だな。残り香のようなかすかな気配だ」

水之江が、晴と同じ方向を見てぼそりと言った。

「近くに付喪神がいるってこと?」

真緒が警戒したように視線を巡らせる。

しかし水之江はきっぱりと首を振り、

「そんなはっきりしたものじゃない。土地そのものに染みついてるような古い妖気だ」

「まあ、座倉家と特殊骨董に縁があることは最初からわかっていたことだし、予想どおりよね。面白くなってきたじゃない」

真緒がちらりと唇を舐めた。遊び相手を見つけた猫のように強気に笑う。

晴は降り注ぐ細い雨の中、濃い霧の向こう側を見通そうとするように立っていた。

どこか懐かしい気配を感じて、いつまでも無言で立ち尽くしていた。


【拾陸】

ゴルフ場のクラブハウスを連想させる座倉家の屋敷が、緑に囲まれた広大な敷地にぽつんと建っている。現代的で大きな二階建ての建物だ。

屋敷の正面にある駐車場には、大型車が四、五十台は余裕で停められそうだ。座倉家の羽振りが良かった時代には、おそらくこの駐車場が一杯になることもあったのだろう。

しかし今の座倉家に、往事の繁栄の面影はない。屋敷はひっそりと静まり返って、駐車場に停まっている車も疎らだ。

晴たちがその座倉家に到着したのは、夕方近くになってからのことだった。坂上弁護士と約束した面会時間に、どうにかギリギリ間に合ったという状況だ。

真緒の運転する黄色いルノーが寂れた駐車場に入ってきて、屋敷の正面に堂々と停車する。

まるでそんな晴たちを追いかけるように、一台の高級車が姿を現した。

それを見た晴が表情を硬くした。見覚えのあるコンバーチブル仕様のアストンマーティン。運転席に座っているのは狩野泰智だ。

「おやおや。意外なところで会ったな、真継晴」

晴たちの隣に車を停めた狩野が、窓を開け、わざとらしく驚いた表情を浮かべてみせる。

狩野の車の助手席に座っているのは、十代半ばほどの黒髪の少年だった。学生服のような黒い立ち襟の服を着て、コヨーテを腕に抱いている。晴を見る彼の瞳には、なんの感情も映っていない。おそらく彼が狩野が連れてきた新しい道具——刀剣の付喪神だと晴は直感する。

「狩野？　どうしてあなたがここにいるのよ？」

車を降りた真緒が、敵意を隠そうともせずに狩野を睨みつけた。

狩野は、いきり立つ真緒を怪訝そうに見つめ返して、

「おまえ、明無の娘か。そうか、先代が隠居したという噂は本当だったようだな」

「だから、なに？」

刺々しい口調で真緒が答えた。狩野は薄い唇の端を吊り上げて笑う。

「そう身構えるな。今日はおまえらと殺し合いに来たわけじゃない。もともと俺が真継晴を殺したがっているわけでもないしな」

「今更そんな言い訳……」

「俺の目的はおまえたちと同じだよ。座倉家が保有しているという特殊骨董——匣だ。杠屋が真継晴を守っているのも、そいつに座倉家の遺産を相続させることで、間接的に匣を手に入れるためだろう？」

狩野の質問に真緒は沈黙した。彼の指摘に反論できなかったからだ。

「俺はそれと同じことをしているだけだ。ただし俺が取り引きした相手は、少々困った立

場にあってな。真継晴──おまえが生きていると座倉家の遺産を相続できないそうだ」

「だから、そいつの代わりにあなたが晴を殺そうとしたわけ？」

真緒が狩野の車に詰め寄る。

「まあ、そうだな。昨日まではな」

怒りに満ちた真緒の視線を、狩野は平然と受け止めてうなずいた。

「だが、今日になって状況が変わった。ひとまずは休戦だ」

「はあ……？」

身勝手過ぎる狩野の言い分に、真緒が呆れたような声を出す。

「そうか。座倉統十郎が目を覚ましたからか」

真緒の車から降りた水之江が、ひとりで納得したように呟いた。

ふん、と狩野が愉快そうに鼻を鳴らす。

「さすがだな、式盤。謎解きはお手の物か？」

「どういう意味？」

真緒が水之江を振り返って訊いた。水之江は、ちらりと座倉家の屋敷を一瞥する。

「統十郎氏の法定相続人は、唯一存命の直系卑属である真継くんだけだが、ほかの人間が遺産を相続する可能性がないわけじゃない。統十郎氏が遺言でその人物を相続人に指名すればいい」

「そういうことだ」

狩野がやる気なく肩をすくめた。

「座倉統十郎が目を覚ましてくれたおかげで、俺の取り引き相手にも遺産相続の目が出てきた。焦って真継晴を殺す理由がなくなったというわけだ。俺がおまえたちといがみ合う理由もな」

「ずいぶん勝手なことを言ってくれるわね」

真緒は、なおも納得できないという口調で低く唸る。狩野は嘲るように喉を鳴らして、

「事実だからな。もちろん、おまえたちが俺と今すぐ殺し合いをしたいのなら歓迎するが」

「あなたみたいな壊し屋と一緒にしないでよね」

不機嫌そうに吐き捨てて、真緒は渋々と引き下がる。

狩野は悠々と車を降りて、それからふと駐車場の端へと目を向けた。いつの間にかそこに停まっていた黒塗りのメルセデスベンツから、白髪交じりの小柄な男性が降りてきたところだ。

男の背後には粗暴な顔つきの男がふたり、ボディガードのようにぴったりとついてくる。

「来たか」

狩野が無関心な口調で言った。真緒は訝るように眉を寄せて、狩野に訊く。

「誰？」

「真継晴を殺そうとしていた男——俺の取り引き相手だよ」

「なっ……」

真緒が絶句して男を見た。晴も無意識に全身を強張らせる。

狩野の言葉が事実なら、その男は、晴と遺産相続を争っている人物——すなわち晴の親戚ということになる。

その一方で、彼は暴走族を雇って杠屋を襲撃させ、暴走トラックを突っこませて晴の暮らしていた写真機店を潰した。さらには晴を始末するために、無関係な大勢の人間の命を奪った火災事件の黒幕だ。それでいて、彼は何食わぬ表情で晴の前に姿を現した。その厚顔さに、晴は恐怖を覚える。あの男は、心の底から他人の命になんの価値も感じていないのだ。

自分が目の前の相手を殺そうとしたことすら、あっさりと忘れてしまえるほどに——

だが、にこやかに微笑みながら近づいてきた男は、晴の顔を見た瞬間、なぜか電気に打たれたように表情を凍らせた。まるで幽霊を見たかのように、立ち止まって唇を震わせる。

「弘務兄さん……？」

「え？」

「いや……そうか、きみが弘務兄さんの子か……」

困惑する晴を見て、男は深々と息を吐き出した。血の気をなくしていた彼の頬に、ほのかに赤みが戻ってくる。

「ああ、すまない。きみがあまりにも綺麗な顔をしていたものでね……噂には聞いていたが、これほどとは」

男は溜息混じりに首を振り、気を取り直すように咳払いした。懐から名刺入れを取り出して、仰々しい肩書きのついた名刺を一枚差し出してくる。

「私は座倉義郎という。きみの父親である座倉弘務の従弟だ。座倉統十郎の弟の息子――きみにとっては従叔父ということになるな。座倉グループ食品部門の執行役員をしている」

「真継晴です」

内心の動揺を隠しながら名刺を受け取って、晴は男に頭を下げた。

目の前の男が、自分を殺そうとした犯人だと知っている――そのことを、今はまだ相手に気づかれるべきではないと咄嗟に判断したのだ。

「この方々は？」

義郎が真緒たちを見て尋ねてくる。真緒の美貌を見た義郎の目に、一瞬だけ、下卑た輝きが宿ったことに晴は気づいた。おそらく真緒もそのことに気づいたはずだ。

しかし真緒は何事もなかったかのように、人工的な笑顔を浮かべてみせた。

「初めまして。杠屋骨董店当主代行の明無真緒と申します。こちらは従業員の水之江。本日は真継晴さんのアドバイザーとして参りました」

真緒の如才ない挨拶を聞いて、義郎がわずかに緊張を緩める。

「なるほど。たしかにこの屋敷には、それなりに値の張る骨董品も多いからな。遺産の相続にあたっては鑑定も必要だろう。私もそのために彼に来てもらったわけだしな」

義郎が狩野を見やって平然と言い放った。たしかに狩野は有名なオークショニアであるネハレムの所属であり、鑑定士を名乗るのもあながち嘘とはいえない。

しかし狩野の壊し屋としての性質をよく知る真緒は、失笑をこらえるのに必死のようだった。

「ひとつ聞かせてもらっても構いませんか？」

不自然に沈黙する真緒に代わって、晴のほうから義郎に質問した。

「なにかね？」

義郎が警戒したように晴を見る。

「あなたはおれの――いえ、ぼくの両親のことをご存じだったんですか？」

「もちろんだ。弘務兄さんとは事故の前まで、一緒に働いていたからね」

義郎が、親しみやすい親戚を装った口調で答えてくる。

彼が口にした事故という言葉に、晴はかすかな戸惑いを覚えた。

自分の父親がすでに亡くなっていることは、坂上弁護士から聞いて知っている。だが、死因が事故だということは、初耳だ。もちろん、事故の内容についてはなにもわからない。

「たしか真継サキさん……だったかな。きみのお母さんのことも知っている。直接話したことは、ほとんどないがね。彼女は伯父上のお気に入りだったから――ああ、いや、失礼」

少し喋りすぎてしまった、というふうに、義郎が話を強引に切り上げた。

義郎の言葉は、晴の母親が、座倉統十郎の愛人だったことを匂わせるものだった。

事実はどうあれ、真継サキという女性が座倉家に出入りしていた背景には、統十郎の思惑が絡んでいたということらしい。だが、そのサキは、当主である座倉統十郎ではなく、座倉弘務の子どもを身ごもったのだ。なかなか複雑な事情がありそうだ、と晴は他人事のように考える。

そのあたりをどう聞き出すべきか、と晴が思案していると、屋敷の玄関が開く音がした。

邸内から姿を現したのは、五十がらみの背の高い男だった。

真夏だというのに黒いスーツの上着を着込んで、背筋がすらりと伸びている。高級ホテルの支配人のような雰囲気の持ち主だ。

「真継晴様と、お連れの皆様ですね」

よく通る低い声で男が言った。

「お待ちしておりました。当家の家令を務めております、清崎と申します。義郎様もようこそおいでくださいました」

清崎と名乗った男が、玄関のドアを押さえて、晴たちを邸内へと招き入れる。

最初に義郎と彼のボディガードたち。続けて晴と真緒が続いた。狩野と水之江は互いに牽制するように、距離を置いて最後についてくる。

清崎が連れていた使用人の女性が、雨に濡れた晴たちそれぞれに真新しいタオルを手渡してきた。富豪である座倉家の家令を名乗るだけあって、そつの無い対応だ。

「伯父上の容態は？」

義郎が、高圧的な口調で清崎に訊いた。まるで自分こそが、この屋敷の次の当主だと宣言するかのような横柄な態度だ。

「安定しております。皆様との面会を所望しておられますので、寝室のほうにお越しください」

清崎はほとんど表情も変えずに、まっすぐに晴を見てそう告げた。

晴はうなずき、清崎のあとについて屋敷の廊下を歩き出す。義郎が乱暴に足音を立てながら、そんな晴たちを追いかけてきた。


【拾漆】


その老人は、無数のチューブを接続された状態で上体を起こしていた。

今年七十四歳だと聞いていたが、実年齢よりも十歳は老けて見える。頬はこけ落ち、全身には死の影が色濃くまとわりついていた。しかし強い意志の力をたたえた鋭い眼光だけは健在だ。

座倉家の当主、座倉統十郎である。

「伯父上！」

統十郎の寝室に入るなり、義郎は慌ただしくベッドの傍へと駆け寄った。

「お身体の具合は？　起き上がって大丈夫なのですか？」

心配して慌てて駆けつけた、という体で騒ぐ甥を無視して、統十郎は晴へと視線を向けた。

家令の清崎が、そんな統十郎を背後からさり気なく支えている。

「真継晴くん……だったな」

死の淵にある老人とは思えぬ、力強い声で統十郎は言った。

「なるほど、弘務によく似ている……遅くなったが、きみに会えたことを嬉しく思う……」

「ぼくも、あなたに会えて嬉しいです」

晴は素直に本心を口にした。

目の前の老人が、自分の祖父であるという実感はまるで湧かない。それでも生きている彼と言葉を交わせたことは感慨深かった。

彼と晴の両親の関係がどのようなものであったにせよ、この老人が、晴の肉親であることに変わりはないのだから。

「ゆっくり話ができればよかったのだが、私に残された時間は少ない。まずは必要な手続きを進めてもらおう……坂上殿」

統十郎が、かすれた声で顧問弁護士を呼ぶ。

隣の部屋に控えていた坂上が、やや緊張した面持ちで姿を現し、晴と義郎の正面に立った。

「すでにご承知のことと存じますが、おふたりにご足労いただいたのは、座倉統十郎氏の死後の遺産についてお伝えするためです」

「伯父上……！　そんな、遺産などと縁起でもないことを……！」

義郎が芝居がかった態度で大げさに嘆く。

坂上はそれを無視して、粛々と資料を取り出した。分厚い書類のファイルを二通、それぞれ晴と義郎に差し出す。

「統十郎氏の個人資産の二十・八パーセントは親族や座倉グループの運営に関わる役員に遺贈、十四パーセントは各団体に寄付することになりました。遺贈先のリストはこちらです」

「の……残りは……？」

義郎は、引ったくるようにファイルを受け取って、そのまま坂上に詰め寄った。

少し鼻白みながらも説明を続けようとした坂上を、晴が静かに遮った。

「すみません、坂上さん。その前に、お話ししておきたいことがあるんですが」

「……晴？」

晴の唐突な行動に、真緒が戸惑いの声を漏らす。

「な、なにかね？」

義郎も不安そうに声を低くした。

晴は少し困ったように微笑んで、ベッドの上の統十郎を見る。

「おれは座倉さんの財産をいただくつもりはありません。もちろん、おれに財産を遺してくださるつもりがあれば、の話ですけど」

「は？」

なにを言われたのかわからない、というふうに、義郎は一瞬固まった。

真緒や坂上も、同じような表情を浮かべている。

「そ……相続を放棄するというのかね？」

義郎が呆けたような口調で確認する。

「はい。祖父とはいえ、今日初めてお会いした方から財産をいただくわけにはいきませんので」

晴も今度ははっきりと言い切った。

「いいの？」

真緒が、自分の隣にいる水之江に小声で訊く。水之江は無表情にうなずいて、

「いいも悪いも、本人が決めたことだろう」

「それはそうだけど」

「すみません、明無さん」

晴は晴れやかな笑顔を真緒たちに向けた。

「もちろん皆さんと約束した匣だけは、譲ってもらえるように交渉してみます」

「ああ、うん。あたしたちはそれでいいんだけど、でも――」

「いいんです」

物言いたげな真緒を遮って、晴は首を振る。

言いたいことを口に出したせいか、ずいぶん気分が軽くなっていた。遺産の相続を放棄するのは、最初から決めていたことだった。

もちろん未練がないわけではない。

自由に使える大金が苦労もなく手に入るのは、とてつもなく魅力的なことなのだろう。だが、それが自分の周囲の人間を危険に晒してまで受け取るべきものとは思えなかった。むしろそれを手放すことで、自分の忌まわしい過去と縁が切れるなら、喜んで捨ててしまいたかった。幸いにも授業料の免除と奨学金のおかげで、当座の生活には困っていない。これまでもどうにかやってこられたのだから、この先もなんとかなるだろう、と晴は楽天的に考えている。

「残念だが、真継晴……きみの申し出は受け入れられない……」

ベッドの上の座倉統十郎が、厳かな声で晴の申し出を拒絶した。

「なぜです？」

晴は驚いて統十郎に訊き返す。義郎も唖然として言葉をなくしている。

「私がこれから説明しようとしたのは、そのことです。統十郎氏は、自らの財産を相続するにあたって、ひとつの条件を課されました」

坂上が硬い口調で言った。

「条件だと？」

義郎が迷惑そうに坂上を睨む。

「座倉家の匣――玉櫛笥を持って戻ってくることが、遺産相続の条件だ」

答えたのは坂上ではなく、統十郎だった。

晴は呆然と祖父を凝視する。壁際に立っていた狩野が、小さくうめく気配があった。よもやこのタイミングで統十郎が、匣の存在を口にするとは思わなかったのだ。

「匣を回収しろ、ということですか？　いったい、どこから？」

動揺を押し隠すようにして、真緒が尋ねた。

「この座倉本家の敷地内にある旧館――旧座倉邸です」

坂上が窓の外に目を向ける。むう、と低く唸ったのは義郎だった。

座倉本家と呼ばれているわりに、ずいぶん新しい建物だと思っていたが、どうやらこの屋敷は比較的最近になって建てられたものらしい。そしてこの広大な敷地のどこかには、かつての本邸——旧座倉邸が今も残されているのだ。

「あなた方の言葉を借りるなら、匣はその建物に封印されているということになります」

坂上が緊張気味に言葉を続けた。

「そういうことか」

狩野が笑い含みに低く呟いた。部屋にいた全員の視線が自然に彼に集まるが、狩野はそれを受け止めて、逆に坂上を睨めつける。

「特殊骨董だから当然だが、その匣、どうやら相当ないわくつきの品らしいな。そいつを回収してきた人間に、遺産をくれてやるというわけか」

「もちろん法定相続人である真継様には、遺留分がありますので、いずれにせよ遺産の一部の相続は可能ですが——」

「真継晴が降りるというのなら、自動的に匣は、こちらの義郎氏が相続することになるわけだ。当然、買い取り交渉の優先権はネハレムがいただくということで異存はないな？」

「それは……そうだけど……」

真緒が悔しげにうなずいた。匣の入手が相続の条件ということであれば、晴が目論んでいたように、匣だけを受け取って杠屋に渡すことはできない。統十郎の遺産ごと匣を手に入れるか、遺産とともに匣も諦めるか、そのどちらかしか選択肢はないということだ。

「財産には興味がないか……ならば、自分の父親についてはどうか？」

黙りこむ晴をジッと見つめて、統十郎が不意に口を開いた。

「父親……？」

予想外の祖父の言葉に、晴は戸惑う。統十郎はどこか妖しげな笑みを浮かべて、

「旧館には……弘務がいる」

「どういうことです、伯父上？」

義郎が怯えたように慌てて割りこんだ。

「弘務兄さんは亡くなったのでは？　十九年前のあの事故で……」

「そうだ……法的には、弘務はもう死んでいる……ゆえに奴に相続権はない」

統十郎が感情のない声で言う。

そして彼は瞼を閉じて、懐かしさと苦悩と憎悪が混じる昏い笑みを浮かべてみせた。

「だが、弘務は今も旧館にいる……あの、匣とともに……」


【拾捌】

「土地、建物、預金と株、しめて総額四十六億円というところだな」

わずかにズレた眼鏡の位置を直しながら、水之江は分厚いファイルをテーブルの上に置いた。

坂上弁護士から渡された、座倉統十郎の遺産のリストだった。

「相続税の支払いのために、資産の大部分は売りに出すことになると思うが、足元を見られて買い叩かれたとしても、二十億円近くは手元に残るはずだ」

「人生が買えるくらいの金額ね。いいの、晴？　本当に相続権を手放して」

広々としたソファに寝そべったまま、真緒が訊いてくる。

「もう決めたことなので」

晴は迷いのない口調でそう言った。そっか、と真緒は黙ってうなずく。

晴たちのための控え室として用意された座倉邸の応接間だ。室内の調度品は恐ろしく豪華で、座倉家の往時の繁栄を感じさせた。清掃も隅々まで行き届いている。

だが、部屋に籠もった澱んだ空気は隠しきれていない。屋敷の主人と同じように、この建物にも死の影が迫っているように感じられる。

「問題は、すんなり相続権を手放させてもらえるかどうか、だな」

水之江が、眼鏡のブリッジに指を当てたまま呟いた。

ひとまずは義郎たちに先んじて、封印された匣を回収する。それが真緒たちと話し合って、晴が出した結論だった。遺産相続の放棄については、そのあとであらためて義郎と交渉すればいい。あるいは遺産を相続したあとで、どこかに寄付してしまうという方法もある。

「匣だけをおれが受け取って、それ以外の財産はすべて義郎さんに譲るということでは、駄目なんでしょうか？」

「手続きとしては可能だろうが、義郎氏が匣の価値をどう見ているかが問題だな」

「特殊骨董の大半は興味のない人間にとってはただのガラクタだけど、二十億円どころかその倍払ってでも欲しがる人も多いからね。ましてや相手はあのネハレムなんだし」

真緒がしかめっ面で頬杖を突く。ネハレムという企業の体質を、彼女はとことん嫌っているらしい。

「どちらにしても匣を回収してから考えることだな」

水之江が緊張感を漂わせた口調で言った。

晴は無言で首肯する。

杠屋が匣を手に入れることを、義郎が黙って見ているとは思えない。狩野との奪い合いになるというだけでなく、再び晴の命を狙ってくることさえ、ないとはいえない。

だが、それはチャンスだ、というのが真緒の主張だった。相続権が確定するまでに残されている時間はわずかだし、晴は義郎とともに座倉家の敷地内にいる。偶発的な事故を装って、晴を殺害する方法はほとんど皆無といっていい。過去の事件とは違って、義郎がなんらかの動きをみせれば、確実に証拠が残るということだ。

「それにしても、こんなときに衛たちはなにをやってるのよ」

真緒が自分の腕時計を見て呟いた。約束の時間を一時間近く過ぎているのに、いまさに和泉たちが座倉邸に到着する気配はない。

まったく、と真緒が嘆息したとき、彼女のスマホが小刻みに震えた。電話の着信があったのだ。通話相手の名前も確認せずに、真緒は応答ボタンを押す。

『よかった。通じた。もしもし、真緒ちゃん？』

聞こえてきたのは、律歌ののんびりとした声だった。

スピーカー越しに、和泉のランクルの騒々しいエンジン音も聞こえる。しきりに加速と減速を繰り返しているのは、山道を走っているせいだろう。

「律歌？　あなたたち、今どこにいるの？」

『ごめん。それがよくわからなくて』

あははは、と律歌が困ったように笑う。

「もしかして道に迷ったってこと？」

『うん。なんか、そうみたい』

真緒は天井を見上げて溜息をついた。和泉たちと合流したあとで匣の回収に向かう予定だったが、そんなことをいっている場合ではなさそうだ。

『だってスマホの地図にも道が載ってないんだよ。すごい霧で前もよく見えないし』

沈黙する真緒に恐れをなしたように、律歌が懸命に言い訳する。

「霧？」

真緒は眉をひそめて、窓の外を見た。屋敷の周囲に立ちこめていた霧は、夕方が近づくにつれて濃さを増しているようだった。近くに湖があるせいかもしれない。

「わかった。とにかく事故を起こさない範囲で急いで来て。こっちもちょっとややこしいことになってるのよ。詳しい事情はメールするから」

『了解。ごめんね、衛ちゃんが方向音痴で』

冗談めかした律歌の言葉に、加賀美のナビのせいだろ、と抗議する和泉の声が聞こえてくる。僕ですか、という加賀美の悲鳴を聞きながら、真緒は、やれやれと電話を切った。

「聞こえた？」

「たしかに霧が濃くなってきたな。この気象条件では、それほど不自然でもないが」

水之江が表情を変えずに言った。真緒が拗ねたように溜息をつく。

「厄介だけど、衛たちを待ってる時間はなさそうなのよね。封印されてるというくらいだから、早い者勝ちで手に入るような簡単な話じゃないとは思うんだけど」

いつも割り切りのいい真緒が、めずらしく頭を抱えて考えこんでいた。

回収に出遅れて狩野たちに出し抜かれるのは避けたいが、和泉たちと合流しないことには、戦力不足は否めない。狩野ひとりが相手ならまだしも、得体の知れない〝匣〟を敵に回す可能性もあるのだ。できる限りの戦力を揃えて回収に臨みたい、というのが真緒の本音なのだろう。

「でも、義郎さんよりも先に匣を持ち帰らないといけないんですよね?」

そう言って、晴は坂上弁護士に渡された地図を見た。

旧館と呼ばれる建物があるのは、現在の屋敷から見て山一つ隔てた高台だった。直線距離で三キロほど離れているが、途中までは車で移動できるので往復で一時間もかからない。

「ひとまず様子を見に行くというのはどうですか?」

「そうだな。せめて旧座倉邸とやらの状況を確認しておきたい」

水之江が晴の意見に賛成した。

式盤の付喪神である水之江は、危険に対する察知能力が高い。仮に匣が厄介な能力を持っていても、自分がついている限り、先手を取って対処できる。それが水之江の主張なのだろう。

「まあ、それしかないか。おいで、仙厳」

立ち上がった真緒が、傍らに置いてあったキャリーバッグの蓋を開けた。バッグの中から出てきたのは、杠屋のマスコットである茶トラの猫だ。

「この子だけでどうにかなればいいんだけど」

神社に祀られていた猫像の付喪神を抱き上げて、真緒は真剣な顔で溜息をつく。

仙厳はそんな真緒の気持ちを知ってか知らずか、退屈そうに欠伸をして、みゃあ、と鳴いた。

【拾玖】

「——そうだ。少しばかりややこしい状況にはなったが、貴様らがやることは変わらない。道順はわかっているな？　座倉家の者には絶対に気づかれるなよ」

義郎が、携帯電話に向かって唾を飛ばしながら指示を出している。座倉邸の食堂に設置された来客用のバーカウンターだ。

電話の相手は樂龍会の高藤だった。この先、旧座倉邸に向かうであろう真継晴を待ち伏せて、始末するようにと命じているのだ。

「おあつらえ向きに霧が濃くなってきた。今度こそ期待に応えてもらうぞ、高藤」

興奮気味の早口でそう言って、義郎はようやく電話を切った。乱れた呼吸を落ち着かせるために、カウンターに置かれたワインをひと息にあおる。

そんな義郎の姿を眺めながら、狩野が片方の唇だけを吊り上げて笑った。

「真継晴を殺すのか？」

軽蔑を含んだ狩野の問いかけに、義郎が頬を引き攣らせた。

「人聞きの悪い言い方はやめてもらおう。真継晴には失踪してもらうだけだ」

空になったグラスに自分でワインを注ぎながら、義郎が空惚けたことを口にする。

彼が樂龍会に命じたのは、真継晴の拉致監禁だ。座倉家の敷地内で殺人はできない。さすがに犯罪が露見するリスクが大きすぎる。真継晴はひとまず隔離して、遺産相続などの面倒事が終わってからゆっくり始末すればいい。それが義郎の考えだった。

「どういうつもりか知らないが、あの小僧が自分から相続を放棄するなどと言い出してくれたのは僥倖だった。匣の回収を投げ出して姿を消しても怪しまれずに済む」

「まあ、それは好きにすればいいさ。俺は匣さえ手に入ればそれでいい」

霧に覆われた窓の外を眺めて、狩野が言った。

「回収に行ってくれるのか？」

義郎が期待を滲ませた表情で狩野を見る。真継晴はもちろん排除するとしても、いずれ匣を回収しなければならないことには変わりない。狩野が自らその手間を引き受けてくれるというのなら、義郎としては大歓迎だ。

しかし狩野はめずらしく慎重な態度で首を振る。

「いずれはそのつもりだが、ひとまずは様子見だ」

「様子見？」

「封印とやらの状況が気になるし、杠屋の出方も見ておきたい。それにさっき気になることを言っていたな？　十九年前になにがあった？　座倉弘務が命を落とした理由はなんだ？」

「わからん」

狩野に鋭い視線を向けられて、義郎が無自覚に目を逸らした。それから慌てて取り繕うように首を振る。

「い、いや、べつに隠しているわけじゃない。表向きの死因は山火事だ」

「山火事？　座倉家の敷地内で火事があったのか？」

「そうだ。当時の座倉本家――つまり旧座倉邸には、屋敷の使用人や関連会社の社員が百人以上出入りしていたのだが、そのうち十四人が煙に巻かれて命を落とした。座倉家が没落する直接の原因になった出来事だ」

「座倉弘務もその犠牲者のひとりということか」

「あ、ああ」

義郎が頼りなくうなずいた。

「わからないというのは、つまりその火事の原因だ。火災の規模のわりに、あまりにも死者が多すぎた。地形に沿って煙が流れこんだのが理由だろうといわれているが――」

「なるほど。匣の呪いではないかと、あんたたちは疑っているわけだ」

狩野が意地悪く笑って指摘した。義郎が言葉を詰まらせる。

特殊骨董の実体を、義郎は知らない。器物が人や獣の姿に変わることも、彼らが異能の力を発揮することも理解していない。特殊骨董を、単なる呪いの品か、不幸を招くアイテムとでも思っているはずだ。

それでも義郎が、封印された匣を警戒しているのは、死の恐怖を感じるような異常な出来事を実際に体験しているからだろう。おそらくそれが十九年前の火災事故なのだ。

「いや、待て、そうか。真継晴の母親が事故で死んだのも十九年前だったな」

狩野が酷薄な表情を浮かべて唇を舐めた。

「そういうことか。あんたは座倉家の財産欲しさに、従兄の座倉弘務を殺そうとしたんだな？　ところが、実際には十人以上の死者が出るような悲惨な事故になった。そして、あんたには、なぜそんなことになったのかわからない、というわけか」

「……そうだ」

義郎が苦しげに声を絞り出す。

「屋敷を逃げ出した真継晴の母親を殺そうとしたのは、口封じのためか？」

「仕方がなかったんだ。あの女は、座倉家の裏の稼業を知っていた」

「裏の稼業、ね」

狩野が意味ありげな口調で呟いた。現在のような衰退が始まる前の座倉家を支えていた謎の収益源。座倉家と樂龍会のつながりも、その裏稼業と無関係ではないのだろう。

「私が弘務兄さんを殺そうとしたのも、財産目当てだったわけではない。すべては座倉家のためを思っての行動だ。弘務兄さんは座倉家の秘密を、世間に告発しようとしていたからな」

「その秘密の象徴が、座倉家の匣というわけか。それは杠屋の連中には渡せんよなあ」

酔いの回り始めた義郎の焦りを煽るように、狩野が無責任な口調で言った。

「事情はわかった。真継晴の扱いは好きにしろ。俺は旧館とやらに行く。杠屋の連中も、そろそろ動き出すころだろう」

「期待している。私に匣を届けてくれ」

義郎が、狩野にすがるように言った。

狩野は義郎を安心させるようにうなずいて、そのまま彼に背を向けた。その瞬間、かすかな妖気を感じて、狩野は足を止める。

「──宿鉄！」

食堂の端で待機していた黒髪の少年が、立ち上がって狩野に手を伸ばした。

その瞬間、狩野の手の中に現れたのは、黒く輝く片刃の直刀だった。

狩野は横薙ぎに刀を振り、その手応えを確かめるようにしばらく動きを止める。

「か、狩野？　いったい、なにが……？」

唐突に刀を抜き放った狩野を見て、義郎が呆然と問いかけた。付喪神を知らない彼の目には、狩野が虚空から刀を取り出したように見えたことだろう。

「いや、俺の気のせいらしい」

狩野は何事もなかったように微笑んで首を振った。すでに黒い刀は姿を消しており、宿鉄と呼ばれた少年も元通り狩野の隣に立っている。

狩野が感じたと思った妖気は、刀の出現と同時に跡形もなく消滅していた。

開け放たれていた食堂の窓から、うっすらと霧が吹きこんでいるだけだ。

「面白くなってきたな」

狩野が、ぼそりと呟いて窓の外を見る。

雲の切れ間から漏れ射す夕陽が、霧に覆われた景色を赤く染めていた。

【弐拾】

未舗装の狭い山道を、晴たちは徒歩で登っていた。旧座倉邸へと続いている林道だ。

十九年近くも放置されていた結果、荒れ果てた路面は雑草に覆われ、倒木や土砂崩れのせいで車は通れない。そこで仕方なく目的地まで歩くことになったのだ。

「意外に体力あるのね、晴。絶対、あたしより先に音を上げると思ってたのに……！」

軽く息を弾ませながら、真緒が言った。

モデルのように華奢な体つきの彼女だが、骨董屋の仕事で鍛えているのか、体力には自信があったらしい。見るからにインドア派という印象の晴に、まさかスタミナ負けするとは思っていなかったのだろう。彼女の声には本気の悔しさが滲んでいる。

「アルバイトのせいですかね。体力使う仕事が多かったので」

晴ははにかみながら額の汗を拭った。真緒が興味を惹かれたように眉を上げる。

「へえ、なにやったの？」

「色々です。配達とか引っ越しの手伝いとか」

「それは意外。接客業のほうが向いてそうなのに」

「お客さんと顔を合わせる仕事は、その、人間関係でトラブルになることが多かったので」

「あはは……苦労してるね、いろんな意味で。今度、杠屋の仕事もお願いしていい？」

「ええ、喜んで」

陽気に笑う真緒につられて、晴もかすかに口元を緩めた。

両親を亡くして働きながら大学に通っていることや、顔立ちのせいで周囲から浮きがちなこと――それを苦労のひと言で笑い飛ばしてくれる真緒の態度が有り難かった。もしかしたら真緒自身、特殊骨董処理業者の娘として、晴の知らない苦労をしてきたのかもしれない。

その真緒が、延々と続く坂道を見上げて、うんざりしたように声を上げる。

「それにしたって、どうして他人(ひと)ん家(ち)の敷地内で、山登りしなきゃなんないのよ。ねえ、陸(りく)？　本当にこの道で合ってるの？」

「坂上(さかがみ)氏が用意した地図が正確ならな」

先頭に立って歩いていた水之江(みずのえ)が、振り返りもせずに答えてくる。

「おかしくない？　旧館だかなんだか知らないけど、どうして車も通れないような山奥に屋敷を建てる必要があったわけ？」

「道路が塞(ふさ)がっているのは、旧館に通う人間がいなくなったせいだ。十九年前までは、普通に車が通れていたんだろう」

「十九年前？」

「資料に書いてあっただろう？　旧座倉(ざくら)邸が放棄されたのは十九年前に起きた山火事のせいだ。私有地の中の事故だからそれほど大きくは報道されなかったが、死者も出ている。真継(まつぎ)くんのお父さんが亡くなられたのもその山火事が原因だ」

「さっき座倉義郎(ざくらよしろう)が言いかけたのはそのことだったわけね」

真緒(まお)が思い出したように呟(つぶや)いた。義郎(よしろう)は、十九年前の事故で座倉弘務(ざくらひろむ)は死んだはずだと、どこか怯(おび)えたような表情で言っていたのだ。

「晴(はる)は知ってたの？　十九年前に事故があったって」

「ええ。坂上さんが最初におれに会いに来たときに言ってました。母がおれを連れて高速バスに乗っていたのも、父が死んで座倉家に残る理由がなくなったからだと」

晴は慎重に言葉を選びながら答えた。

実際には残る理由がなくなったというよりも、追い出されたというほうが実態に近いはずだ。

真継サキが、どのような理由で座倉家に出入りしていたのか正確なことはわからない。坂上弁護士の話では、サキはもともと、統十郎に個人的に雇われた秘書のような存在だったらしい。義郎が、彼女のことを統十郎の愛人だとほのめかしたのもそれが理由だろう。

しかしサキは弘務に近づいて、彼との間に晴を身ごもった。その弘務が死んだのだ。なんの後ろ盾も持たない彼女が、座倉家に居づらくなったとしても無理はない。

そして彼女は、生後間もない晴を連れて座倉家を離れ、その直後に事故で死んだのだ。

「彼女は気づいていたのかもしれない」

水之江が気難しげな口調で呟いた。真緒が不審そうに目を細める。

「気づいていたって……なにを？」

「自分たちの命が狙われているということを」

「座倉義郎を疑っているの？　十九年前のバス事故も、あの男が仕組んだってこと？」

「実行犯かどうかはともかく、黒幕である可能性は低くないだろう。真継親子を殺すことで、はっきりと利益を得られるのはあの男だけだ」

水之江が冷淡な口調で言った。真緒がカッと頬を紅潮させる。

「なによそれ……!?　晴もちょっとは怒りなさいよ！　そんな奴にお祖父さんの遺産を渡して、本当にいいわけ!?」

憤慨する真緒を見返して、晴は弱々しく首を振った。

「すみません。なんだか実感が湧かなくて」

「実感？」

「認めたくないのかもしれません。おれがずっと感じていた苦しみの原因が、たったひとりの悪人に決められたことだったなんて。そんなわかりやすいことがあるのかなって」

晴はそう言って、自分の右手を頼りなく見つめた。小刻みに震える指先から、怯えたように目を逸らす。

「おれは恐いんです。それを認めてしまうと、あの人のことを憎んでしまいそうで」

「あなたね……」

肩を怒らせて晴を睨みつけ、真緒は不意に動きを止めた。物憂げに呟く晴の横顔に、目を奪われたように黙りこむ。

「……真緒さん？」

沈黙した真緒を見て、晴は怪訝そうに首を傾げた。

真緒はハッと我に返って首を振り、

「危ない危ない。そうやってあなたは大学の女の子を次々に誑かしていたわけね……」

「なんのことです？」

言いがかりめいた真緒の非難に、晴はさすがにムッとする。

真緒はなにも答えずにツンと顔を背け、代わりにぼそりと喋ったのは水之江だった。

「原因という意味では、座倉義郎も犠牲者なのかもしれないな」

「はい？　なに言ってるのよ、あなたまで」

真緒が裏切られたと言いたげな目つきで水之江を見た。

しかし水之江は表情を変えない。

「座倉弘務が生きていれば、義郎も真継くんを殺そうとはしなかったはずだ。座倉家も急激な没落を免れて、樂龍会とも疎遠になっていたかもしれない」

「すべて十九年前の火災事故から始まっているということですか？」

晴が足を止めて訊き返した。水之江が曖昧に首を振る。

「その火災も本当にただの事故だったのかどうかはわからないな」

「そうか……特殊骨董……」

晴が声を震わせた。

多くの犠牲者を出した火災事故が起き、その直後に座倉家の特殊骨董は封印された。事故と特殊骨董の間に、なんらかの関係があると考えるのは不自然ではないだろう。

そして座倉統十郎は、死んだはずの晴の父親が今も特殊骨董と共にいる、と言った。

それは十九年前の事故の真実が、旧座倉邸に封印されているという意味なのかもしれなかった。


降り続いていた雨は上がっていたが、夕暮れが近づいて霧は濃さを増していた。

ぬかるんだ足下を気にしながら、晴たちは黙々と山道を登る。

視界は悪いが、式盤である水之江の方向感覚は正確だ。やがて濃霧から浮き上がるように、古い建物が見えてくる。想像よりも遥かに規模の大きな豪邸だった。

「でっか……これが旧座倉邸なの……？」

立ち止まった真緒が、周囲をゆっくりと見回して唸る。

武家の蔵屋敷を連想させる、土蔵造りの建物だ。

現在の本邸に比べれば小振りだが、重厚さでは劣っていない。貿易商として財を成した座倉家の倉庫を兼ねていたのかもしれない。座倉家が栄えていた時代には、ここで暮らしていた使用人も大勢いたはずだ。真継サキも、その中のひとりだったのかもしれない。

しかし十九年前の火災の影響か、建物の半分ほどは焼け落ちて、原形を留めていなかった。無事だった部分も荒れ果てて、廃墟同然の姿を晒している。

唯一無傷で残っているのは、敷地の奥にある蔵だ。

それ自体が、ちょっとした旅館としても使えそうな巨大な土蔵――しかし、蔵の入り口は瓦礫に覆われ、すべての窓は封鎖されていた。まさに封印の名に相応しい完全な密封状態だ。

「これが十九年前の事故の結末か。面白い」

入り口を多うバリケードを眺めて、水之江が言った。

「どこが面白いんだか。これをこじ開けて中に入るだけでも大仕事よ」

真緒が顔をしかめて嘆息する。

「どうする？　重機でも手配する？」

「おそらくそれは無駄だろう。この封印、物理的に出入り口を塞いでいるだけじゃない。おそらく、同業者の仕事だ」

「同業者？　特殊骨董を使って封鎖したってこと？」

水之江の説明を聞いた真緒が、唖然としたように土蔵を睨みつけた。

旧座倉邸の敷地へと近づきながら、晴も土蔵の窓を見て目を凝らす。

掛子塗りの窓を塞いでいるのは、壊れた家具や電気製品などの粗大ゴミのような代物だ。それらが複雑なパズルのように絡み合って、外部からの侵入を防いでいる。

「同業者の仕業にしても、どうやったらこんないびつな形に封印できるのよ？」

真緒が頭を抱えて言った。水之江は無表情に首を振る。

「具体的な方法はわからない。だが、これで座倉統十郎の目的ははっきりしたな」

「まさかあたしたちを利用して、封印を解かせようっていうの？　それなら遺言に条件なんかつけなくったって、自前で業者を雇えば済む話でしょう？」

「違う。必要だったのは俺たちじゃない。真継くんだ」

「おれ……ですか？」

晴は困惑して訊き返す。

もちろん晴には土蔵の封印を解く方法などわからない。晴はほんの数日前まで、特殊骨董の存在すら知らなかったのだ。真緒たちにも理解できない封印を解放できるはずがなかった。

しかし真緒は意外なことに、水之江の言葉を聞いて真剣に考えこんでいた。

「晴が封印を解くための鍵になってるってこと？　そうか……それはあり得る話ね」

「……鍵？」

真緒の呟きの意味を、晴は訊き返そうとした。

だが、それを口に出す前に、突然の予期せぬ轟音が鳴り響く。

立ちこめる濃霧の中に反響したのは、大気を震わせる激しい炸裂音だった。

「銃声……!?」

呆然と立ち竦む晴の腕を、水之江が強い力で引き寄せた。焼け落ちた建物の残骸の陰へと、無理やり押しこむように避難させる。

「なに!?　なにが起きてるの……!?」

晴の隣に屈みこんだ真緒が、声を潜めて水之江を問い詰める。

その直後に再び銃声が響いた。更には男の怒鳴り声も聞こえる。威嚇と困惑、動揺と恐怖が綯い交ぜになった頼りない怒声だ。その声はやがて悲鳴に変わった。

銃声の残響が完全に消えると、周囲には静寂が戻ってくる。

このタイミングで旧座倉邸を訪れている人間が、晴と無関係とは思えない。もしかしたら、昨夜の暴走族と同じく、義郎に雇われた刺客だったのかもしれない。

だが、彼らが戦っている相手は、晴たちではなかった。銃撃戦は晴たちの知らないところで始まって、晴たちが関わる前に終わったのだ。

「大丈夫だ。ここにはもう誰もいない」

黙って気配を探っていた水之江が、そう言って静かに立ち上がった。そして銃声が聞こえてきた方角へと歩き出す。晴はためらいながらも彼に続いた。

水之江が向かったのは、火事で焼け崩れた建物の裏手だった。

雑草の生い茂るかつての庭園に、厳ついスーツを着た若い男が倒れている。彼の右手には、オートマチックの拳銃が握られていた。すべての弾丸を撃ち尽くした拳銃から、真新しい硝煙の臭いが漂ってくる。先ほどの銃声は、この拳銃が放ったものだったのだ。

「まさか……死んでるの……？」

水之江の背中越しに男を眺めて、真緒が訊く。

倒れた男は恐怖に顔を歪めて、凍りついたように全身を硬直させていた。目立つ外傷は見当たらないが、呼吸は完全に止まっている。

「警察関係者……というわけではなさそうだな」

水之江が真面目な口調で言った。真緒は呆れたように息を吐く。

「当然でしょ。どうして警官が座倉家の敷地内をうろついてるのよ」

「だとすれば、可能性が高いのは樂龍会の人間か」

死体の隣に屈みこんで、水之江が平然と検分を始めた。

絶命した男のスーツの襟には、目立つバッジがついていた。龍を模した、物騒なバッジだ。やはり男は樂龍会の組員――それも幹部クラスと考えて間違いないだろう。

「この人はおれを待ち伏せしていたんでしょうか？　匣を手に入れる前に殺すつもりで……？」

晴が、他人事のように冷静に分析する。おそらく、と水之江はうなずいた。

「そう考えるのが自然だな。俺たちがここに来ることを、座倉義郎は当然知っているからな」

「ついに馬脚を現したというか、なりふり構わなくなってきたわね」

真緒が苦々しげに溜息をつく。

樂龍会という暴力団と義郎が、一種の共犯関係にあることは、薄々わかっていたことだった。

だからといって、座倉家の敷地内で晴を襲うのはやり過ぎだ。晴たちが通報すれば、さすがに誤魔化しようがない。義郎が晴の命を狙っていると、喧伝しているようなものである。それでも構わないと思えるほどに、義郎は追い詰められているのだろう。

だが、そうやって義郎が用意した襲撃者は殺された。得体の知れない敵と戦って――

「この死体……傷がありませんね」

「そうだな。昏睡状態からの呼吸麻痺か。苦しんで死んだというよりも、衰弱死に近い状態だ」

晴の指摘に、水之江も同意する。拳銃を握ったまま死んだ男の顔には、陶酔したような表情が浮かんでいた。幸せな夢を見ながら力尽きた、老人のような死に様だ。

「戻りましょう、陸。危険だわ」

真緒が真剣な口調で言った。樂龍会の組員は、得体の知れない異能の力で殺されている。同じ敵が晴たちを襲ってこないという保証はどこにもない。

「同感だな。彼らは特殊骨董と遭遇した可能性が高い。いったん退いて出直そう」

水之江の声に、めずらしく焦りが滲んでいた。真緒は深くうなずいて、

「そうと決まったらさっさと逃げるわよ、晴」

「駄目です、真緒さん」

晴が、動揺を隠しながら短く告げた。真緒が訝るように振り返る。

「え？」

「どうやら手遅れだったみたいです」

晴の視線は、自分たちの背後の山道へと向いていた。現在の座倉邸へと続いている道だ。

霧に覆われたその路上に、ふらふらとよろめきながら立っている人影が見える。見るからに粗暴な雰囲気を漂わせたチンピラ風の男たち。

だが、彼らの瞳に生気はなく、だらりと弛緩した顔はまるで死人のようだった。

その数は、五人、いや、六人か——

晴たちの行く手を遮るように、彼らは旧座倉邸の敷地を包囲している。死んだ樂龍会の男は、おそらく彼らと戦っていたのだ。

「冗談……でしょ」

近づいてくる男たちを眺めて、真緒が弱々しくかぶりを振った。

彼女が見ているものに、晴も気づいた。

死体めいた雰囲気の男たちの全身に、奇妙な影がまとわりついている。

それは実体を持たない妖気の塊。

悪意に満ちた純白の霧だった。


【弐拾壱】

「六人か……彼らも樂龍会の組員のようだな」

男たちの襟のバッジに気づいて、水之江が言った。龍の姿を模した金色の襟章。晴たちの足下に転がっている死体が、身に着けているのと同じものだ。

真緒は驚いたように水之江を見上げる。

「仲間同士で殺し合ってたってこと？」

「あるいは誰かに操られているか、だな」

水之江は、周囲に立ちこめる霧を睨んで険しい顔をする。

晴が匣を手に入れるのを妨害するために、樂龍会はこの地を訪れていた。これだけの人数で待ち伏せしていたということは、事故に見せかけて殺すのを諦めて、力ずくでどこかに連れて行くつもりだったのかもしれない。

だが、晴たちが到着する前に、彼らは何者かに襲われた。そして自我を奪われて操られているのだ。おそらくは、旧座倉邸に近づいた者を無差別に攻撃するために――

「――仙厳、お願い！」

真緒が肩に掛けていたキャリーバッグを開けた。

中から飛び出してきた茶トラの猫が、体長四メートルほどもある巨大な獣の姿へと変わる。

しかし妖かし化した仙厳を見ても、男たちはなんの反応も見せない。ただ晴たちのほうへと近づいてくるだけだ。

しゃっ、という鋭い呼気とともに、仙巌が猛獣めいた動きで男たちを蹴散らした。

俊敏にして豪快なその攻撃は、たとえ男たちがまともな状態でもよけることはできなかっただろう。彼らは呆気なく吹き飛んで、受け身を取ることもできずに地面に転がる。

だが、男たちは次の瞬間、何事もなかったかのように起き上がった。

仙巌の攻撃が効いていないわけではない。事実、男たちの中には口から血を吐いている者や、明らかに手脚を骨折している者もいる。

それでも彼らが痛みを感じている様子はない。むしろ恍惚とした表情すら浮かべているように見える。彼らの鼻腔から漏れ出しているのは、煙草の煙にも似た白い霧だった。

「どういうことよ!?　これじゃ、まるでゾンビじゃない……！」

負傷した身体を引きずりながら再び迫ってくる男たちを見て、真緒がたまらず悲鳴を上げた。

まさか、と呟きかけた水之江が、背後の物音に気づいてハッと振り返る。

「真継くん、後ろだ！」

「え!?」

水之江の警告を聞いて、晴は反射的に後ろを振り向いた。

視界に映ったのは、厳つ いスーツを着た若い男。絶命していたはずの樂龍会組員だ。

「晴！」

真緒が慌てて仙厳を呼び戻そうとする。

だが、男の動きのほうが早かった。純白の霧を吐き出しながら、男が晴を捕まえる——

そう思われた瞬間、男の身体が突然、仰向けに吹き飛んだ。

同時に銃声が聞こえてくる。誰かが男を撃って晴を救ったのだ。

「あいかわらずぬるい連中だな」

死神を連想させる容姿の不気味な男が、壊れかけた塀を乗り越えて降りてくる。男の背後に付き従っているのは、小柄な黒髪の少年だ。

晴は放心したような表情で、男が握っている拳銃と撃たれた死体を見比べた。

「狩野さん!?」

「あんた、正気なの!?　相手は人間なのよ!?」

真緒が青ざめた顔で狩野泰智を非難する。しかし狩野は失笑して首を振った。

「違うな。こいつらは死体だ。ただのモノだ」

「死体が……動いてるっていうの？」

「そいつが死んでいたことを、おまえたちも確認したんじゃないのか？」

嘲るようにそう言って、狩野は再び拳銃を構えた。そして、近づいてくる楽龍会組員たちを次々に狙い撃つ。

狩野が狙っているのは男たちの胸部――正確には、肺だった。

彼らを死体と呼んだ狩野の言葉のとおりに、胸を撃ち抜かれても男たちは苦痛を訴えない。出血もたいした量ではなかった。代わりに飛び散ったのは純白の霧だ。彼らが吸いこんだ霧が肺の中に溜まって、まるで寄生生物のように死体を操っていたのだ。

死体すべてを撃ち殺して、やれやれと狩野は肩をすくめた。

途中で撃ち尽くしたはずの彼の拳銃の弾丸は、いつの間にか元通りに復活していた。それを見て晴は思い出す。狩野の拳銃はただの武器ではなく、異能の力を持つ特殊骨董なのだ。妖力が尽きるまで、無限に撃ち続けることができる拳銃。狩野が重宝するのもわかる強力な武器だ。

銃声の余韻が消えたころ、死体たちも完全に動くのをやめた。

その直後、屋敷を取り囲む林の中から、ひとりの男が這い出してくる。

のっぺりとした顔立ちのビジネスエリート風の男性だった。彼の高価そうなスーツの襟にも、やはり樂龍会のバッジが付いている。しかし男の顔は恐怖に引きつって、晴たちに向けた瞳には無数の感情が渦巻いていた。彼は死人ではなく、まだ生きているのだ。

「か、狩野さん……来てくれたのか……」

男が声を上擦らせて言った。狩野は意外そうに眉を上げる。

「おや、高藤くん。無事だったか」

「誰？　あなたの知り合いなの、狩野？」

林の中から這い出してきた男に、真緒が胡乱な視線を向けた。

狩野は愉快そうに笑って首肯した。

「樂龍会顧問の高藤くんだ。座倉義郎に真継晴を殺すように命じられた可哀想な人だよ」

「そんなことをあたしたちにバラしていいわけ？」

真緒が唖然として訊き返す。座倉義郎は曲がりなりにも、狩野の取り引き相手なのだ。

そんな相手の秘密をあっさりと聞かされて、真緒は驚くよりも戸惑っているらしい。

「あまり本気にするなよ、杠屋の娘。俺の証言に証拠能力などありはしないさ」

手の中の拳銃を弄びながら、狩野がつまらなそうに息を吐く。

その間に近づいてきた高藤が、まるで泣きつくような勢いで狩野に詰め寄った。

「狩野さん。なんなんだ、この霧は……？」

「霧？」

「あれだ！　あいつらだ！」

狩野が破壊した死体を指さして、高藤は絶叫した。

そこには死体の肺から漏れ出した霧が、拡散することなく滞留している。淡い夕陽の中で揺らめくその姿は、角度によっては人の姿のように見えた。

その霧が、強い妖気を漂わせていることに晴は気づく。男たちの死体にまとわりついていた妖気の源は、彼らが吸いこんだ霧だったのだ。

「あいつらに取り憑かれて、樂龍会の連中は全員おかしくなってしまった……！　私は離れた場所に隠れていたからなんとか無事だったが……」

「まあ、大方そんなところだろうな」

狩野は、さしたる動揺も見せずにうなずいた。

「真緒さん……もしかして、真緒さんが車で轢いたあの人影は……」

「轢いてないわよ！　ちゃんとよけたし！」

晴が呟きかけた言葉を、真緒がムキになって訂正した。

しかし彼女にもわかっているはずだ。

座倉本家に辿り着く直前に、晴たちが見かけた人影の正体があの霧ならば、霧の行動範囲は、晴たちが想像するよりも遥かに広いことになる。死体を操るほどの力は使えなくても、人の形を取る程度であれば、座倉家の敷地全体に効果を及ぼすことができるのかもしれない。

もしそれが座倉家の匣の力だとすれば、信じられないほど強力な特殊骨董だ。しかも匣は、いまだに封印された状態なのだ。

「さすがに霧が相手では、拳銃は役に立たないか」

近づいてくる霧の亡霊たちを睨んで、狩野が苛立たしげな口調で言った。

「蔵の中に逃げるぞ。来い、宿鉄！」

狩野が黒髪の少年を抱き寄せた。少年の姿が消滅して、代わりに一振りの刀が現れる。凄まじい妖気をたたえた直刀だ。

土蔵の入り口を塞いでいるバリケードを、狩野はその刀で叩き斬る。壁状に積み重なっていた廃家電や廃材などのゴミたちは、その攻撃であっさりと吹き飛んだ。

剥き出しになった土扉へと、狩野は近づこうとする。

だが、その狩野の目の前に、吹き飛んだはずのバリケードの破片が戻ってくる。それらは吸い寄せられるように集まって、再び土蔵の入り口を覆い尽くした。

まったくの元通りというわけではないが、それが逆に不気味だった。まるで廃棄物自体が群れとなって、土蔵を封じているように感じられる。

「なんだ、この封印は!?」

直刀を構えたまま、狩野はうめいた。

真緒が呆然と呟いた。狩野が困惑したように真緒を見る。

「特殊骨董だわ」

「なんだと？」

「この封印は特殊骨董でできてるのよ。壊れた家電も廃材も、全部！」

「このガラクタが、すべて付喪神だと……？　いったい使主が何人必要だと思ってる？」

「だけど、ほかにどう説明しろって言うのよ!?」

真緒が荒っぽく怒鳴り返した。

ふたりが言い争っている間にも、霧の亡霊は迫っている。土蔵の中なら安全という保証はないが、彼らの侵入を防げそうな場所はほかにない。

それは危険な賭けだった。なにしろ土蔵の中には、封印された匣の本体があるのだ。

しかし、この霧が匣による攻撃なら、それに対抗する方法は、匣の本体を見つけて破壊するよりほかにない。どちらにしても土蔵に入る以外に、助かる道はないということだ。

「この封印を解けばいいんですね」

狩野を押しのけるようにして、晴は土蔵の前に立った。

「晴？　そうか……あなたなら……！」

真緒が晴の横顔を見つめてくる。

土蔵を封印しているのは、無数の廃棄物の付喪神たちだ。普通の使主では、彼らを同時に支配して操ることなどできはしない。

だが、晴はかつて杠屋で、その場にあるすべての特殊骨董たちを支配した。それと同じことをすればいい。ほんの一瞬、この廃棄物たちを移動させれば、土蔵の封印は解けるのだ。

「真継くん、待て」

土蔵の扉に近づく晴を、水之江が真剣な口調で呼び止めた。

「止めるな、式盤。時間がない」

晴に近づこうとした水之江の喉元に、狩野が刀を突きつける。

「それともおまえがお得意の運命操作で、この霧をどうにかできるのか？」

「おかしいとは思わないか、狩野？」

水之江は、刃を向けられたまま怯むこともなく言った。

「あん？」

「樂龍会の構成員が真継くんを待ち伏せしていたのはともかく、どうして霧が突然現れた？　いや、なぜ座倉統十郎はそこまでして、この封印を解こうとしている？」

「座倉統十郎が、真継晴を利用していると言いたいのか……？」

狩野の瞳が、かすかに揺らいだ。

霧の亡霊たちを使って晴を追い詰め、土蔵の封印を開かせる。それこそが座倉統十郎の仕掛けた罠ではないのか――水之江はそう指摘しているのだ。

「あんたたち、なんの話をしているんだ!?」

狩野と水之江の真剣な会話を、高藤の叫びが遮った。恐怖と焦りに追い詰められた高藤が、晴を脅すようにつかみかかる。

「真継晴！　おまえがこの建物をどうにかできるというのなら……」

そう言いかけた高藤が、ひいっ、と情けない声を上げて仰け反った。

高藤が凝視していたのは、土蔵の壁にもうけられた格子状の採光窓だった。暗い影のような窓の奥に、ほんの一瞬、男の顔が浮かび上がったのだ。

晴によく似た若い男の顔だ。

「父さん……！」

無意識に晴は独りごちていた。旧館に座倉弘務がいるという、統十郎の言葉が脳裏をよぎる。

土蔵の入り口を塞いでいた廃棄物たちが、爆発したように飛び散った。晴が彼らを支配して、バリケードを解くように命令したのだ。

「これが、おまえの本当の力か……！」

狩野が驚きを露わにして言った。無数の付喪神を一瞬で支配した晴の能力は、狩野から見ても異常だったのだろう。

「まあいい。よくやった、真継晴」

気を取り直したようにそう言って、狩野は再び直刀を振るった。残っていた閂を切断し、重い土扉を強引に開く。

「う、うわあああ」

真っ先に土蔵へと逃げこんだのは高藤だった。

やれやれ、と嘆息しながら狩野が彼のあとを追う。

「晴、あたしたちも」

立ち尽くしていた晴の背中に、真緒が触れた。

霧の亡霊たちはすでに晴たちのすぐ背後にまで迫っている。

猫の姿に戻った仙厳を抱き上げて、真緒が土蔵の中へと足を踏み入れた。

晴と水之江が彼女に続いて、土蔵の扉を内側から閉める。

扉は隙間なくぴったりと閉じられた。

あとに残ったのは闇と静寂——
そしてどこか懐かしい匂いだった。

【弐拾弐】

義郎は、空になったグラスを乱暴にカウンターに投げ出した。

苛立ちを隠しきれずにいるのは、高藤からの連絡が途絶えているせいだ。

真継晴たちが旧座倉邸に向かって、すでにかなりの時間が経っている。現地で待ち伏せしていた高藤たちと接触しても、おかしくない頃合いだ。

しかし高藤からの報告はない。義郎が彼を呼び出そうとしても、電話に出る気配すらない。高藤の応援に向かわせた護衛のふたりに連絡しても結果は同じだ。その事実が義郎を焦らせる。

「清崎！　氷だ！」

廊下に向かって、義郎は叫んだ。

座倉家の家令の清崎は、食堂の近くに控えていることが多い。清崎本人がいなくても、彼の部下の使用人の誰かはいるはずだ。

しかし義郎がどれだけ怒鳴っても、使用人たちが駆けつけてくる気配はない。義郎はますます苛立ちながら、食堂を出て廊下へと向かった。

「清崎、氷の替わりを持ってこい！　いないのか、清崎！」

屋敷の中がやけに静かなことに戸惑いつつ、義郎は使用人たちの控え室へと向かう。

その途中、来客用の応接室の扉が開いていることに気づいて中をのぞいた。

眉間にしわを寄せたのは、壁際にもたれるようにして座っている男の姿に気づいたからだ。

英国風のスーツを着た小柄な男性だった。

「弁護士の坂上か？　こんなところでなにをやっている？」

かすかな違和感を抱きつつ、義郎は坂上に近づいた。

開けっぱなしの窓から風が吹きこんで、レースのカーテンが揺れている。そのカーテンに引きずられるようにして、坂上の身体がゆっくりと傾いた。頭から床に倒れこむ彼を見て、さすがの義郎も異変に気づく。

「お、おい？」

坂上の顔を見下ろして、義郎は頬を強張らせた。両目を恐怖に見開いたまま、坂上は呼吸を止めていたからだ。

「まさか、死んでいるのか？」

坂上の肩を乱暴に揺さぶって、義郎はごくりと喉を鳴らした。

意味もなく不安に襲われて、背中にじっとりと汗が滲む。

冷静に考えれば、弁護士のひとりやふたり、命を落としたところで、義郎が焦るようなことではない。だが、坂上の死の状況はあまりにも異様だった。病死とは思えないし、目立つ傷もない。悲鳴も上げず、たったひとりで、なんの抵抗もしないまま死んでいる。

そして義郎が恐怖を感じた理由はもう一つ——今の坂上とよく似た死体を、前に見たことがあったからだ。この坂上の死に様は、十九年前の火災の日に、旧座倉邸で死んだ人々とよく似ている。

「誰か……誰かいないのか……？　清崎、どこだ……!?」

義郎は震えながら立ち上がり、応接室を出て行こうとした。

そんな義郎の眼前に、白い影が立ちはだかる。

それは実体を持たない霧だった。人の形をした濃い霧が、義郎の目の前に立っている。

「なんだ、この霧は……!?　どこから入ってきた!?」

半ば悲鳴に似た声で、義郎は叫んだ。もちろん霧はなにも答えない。ただ義郎を包みこむように、両腕を広げて近づいてくるだけだ。

「く……来るな！　私に近づくな！」

義郎は激しく取り乱しながら、応接室を飛び出した。

幸いにして霧の動きは襲い。脇目も振らずに走り続ければ、引き離すのは容易なことだ。

やがて薄暗い廊下の先に人影を見つけて、義郎は安堵に頬を緩めた。見覚えのある使用人の女がふたり、モップを持って立っている。

「おまえたち！　清崎はどこだ！　清崎を今すぐに呼んでこい！」

普段の傲慢さを取り戻して、義郎は叫んだ。

しかし彼女たちは返事をしなかった。ただゆっくりとした動きで顔を上げ、駆け寄ってくる義郎を、焦点の定まらない瞳で見つめ返す。

彼女たちの土気色の肌を見て、義郎は、本能的に足を止めた。

そんな義郎のほうへとふたりは歩き出す。まるで動く死体のような緩慢な足取りで――

「な……なんだ、おまえたち……まさか、おまえたちまで……」

義郎は震えながらジリジリと後退した。

そんな義郎のすぐ背後で、白い霧が渦を巻いていた。

霧はやがて濃さを増し、人の姿を形作る。

それに気づいて、義郎は為すすべもなく立ち尽くした。なにが起きているのかわからない。ただ圧倒的な恐怖だけがある。

「やめろ……やめ……ひ、ひいいいいっ！」

使用人の女たちが、異様に冷え切った手で義郎をつかんだ。彼女たちの口から吐き出されたのも霧だった。半ば口移しのような形で、彼女たちは義郎に霧を喰わせようとする。

その霧が原因なのだ、と義郎は気づいた。

窓から吹きこんだ霧を吸ったせいで、坂上弁護士は命を落としたのだ。そして運が悪ければ、使用人の女たちのように、霧に操られてしまうのだろう。

だが今更それがわかっても、義郎にはどうすることもできない。

喰いしばった歯の隙間から霧が進入してきて、義郎は強烈な多幸感に見舞われる。

そして義郎が絶望に身を委ねかけた直後、背後から男の声がした。

品性や礼儀を感じさせない、粗暴で投げやりな声だった。

「……ったく、ようやく辿り着いたと思ったら、どうなってるんだよ、この屋敷は？」

通用口の扉を蹴破るようにして、長身の見知らぬ男が現れる。

威圧感のある風貌は、樂龍会の組員と比較しても遜色ない。

だが、少なくとも男は生きていた。霧に操られている死人ではない。

「和泉さん、この霧、普通じゃないですよ」

就職活動中の学生のような頼りない容姿の青年が、男のあとについて屋敷に入ってくる。和泉と呼ばれた男は、廊下に立ちこめる霧を鬱陶しげに眺めて舌打ちした。

「ああ、わかってる。妖気だろ。なんとかできるか、西原？」

「まかせて。要はこの霧を吹き散らせばいいんだよね？」

男の呼びかけに答えたのは、最後に現れたエキゾチックな風貌の娘だった。見えない楽器を奏でるように、彼女がしなやかな指で虚空をなぞる。

その直後、鼓膜に激痛を感じて、義郎は悲鳴を上げた。

「う、うあああああああああっ！」

強烈な耳鳴りが頭蓋を揺さぶり、全身の毛穴が逆立った。数百人がかりで一斉に、巨大な黒板を爪で引っ掻いたような異様な騒音だ。

その高周波の振動音に絶えかねて、廊下中の窓ガラスがことごとく砕け散った。

強い風が一気に吹きこんできて、義郎の周囲の霧を吹き飛ばす。

まるでそれが合図になったように、使用人の女たちが動きを止めた。義郎が乱暴に腕を振り払うと、彼女たちは廊下に倒れて動かなくなる。

「な、なにをした!?　おまえたちはいったい……!?」

霧から解放された義郎が、ゲホゲホと咳きこみながら背後の集団を睨んだ。

チンピラ風の男がそんな義郎を、攻撃的に睨み返してくる。

「ああ？　人に名前を尋ねるなら、自分から名乗ったらどうだよ？」

「いや、和泉さん、僕らは客なんですから、その言い方はないですよ」

頼りない容姿の青年が、歯を剥いて凄む男をたしなめた。

そして青年は、軽薄そうな作り笑いを浮かべて義郎に近づいてくる。

「どうも、特殊骨董処理業者の杠屋です。うちの人間が、先にこちらにお邪魔しているはずなんですが――」

「杠屋……おまえたちも真継晴の仲間か……」

義郎は再び顔を引き攣らせた。自分が殺害を命じた相手の仲間に助けられるというのは、皮肉というよりも、ある意味、危険な状況だ。

そして義郎の悪い予感は的中した。

「晴のことを知ってるのか、あんた」

和泉と呼ばれていた男が、義郎の胸ぐらをつかみ上げて獰猛な笑みを浮かべた。その異様な腕力に、キュッと義郎の息が詰まる。

「面白い。詳しく話を聞かせてもらうぜ、おっさん」

和泉に殺気立った目で睨まれて、義郎は弱々しくうなずいた。

男の連れのふたり組が、そんな義郎を、無責任な同情の眼差しで眺めていた。

【弐拾参】

暗闇に目が慣れて、土蔵の中の様子が少しずつ見えてくる。

外観から想像するよりも、建物の内部は広かった。

一階の中央には、工業用の薬品タンクやスチール製の醸造樽が置かれており、酒蔵のような印象を受ける。あるいは、もっと専門的な薬品を精製する工場に似ている。

ただし、その設備の大半は破壊され、修復不能の残骸と化していた。なんらかの目的があって解体したわけではない。癇癪を起こした子どもが、目につくものを腹いせに壊して回った――そう感じられる壮絶な破壊の痕だった。

「とりあえずこの中には、連中も入ってこられないようだな」

閉めきられた扉を振り返って、狩野が言う。

彼の隣には、黒髪の少年が、痩せたコヨーテを抱いて立っていた。ひとまず武器を手放したということは、狩野はここが安全だと考えているのだ。

「それはいいけど、この建物はなんなの？」

真緒がそう言って土蔵の中を見回した。

「火災事故があったというより、暴動が起きた後みたいですね」

破壊された設備を眺めて、晴が呟く。

特に根拠があってそう思ったわけではない。ただ、旧座倉邸の被害と比べると、土蔵の中の荒廃ぶりはどこか異質に感じられた。単なる事故の痕跡ではなく、憎悪や悲しみなどの強い感情の残滓が、ここには色濃く残っているのだ。

「暴動か……ある意味では正解かもしれないな」

傾いた薬品タンクの背後をのぞいて、水之江が冷ややかにそう言った。

つられて同じ方向を見た真緒が、わ、と小さく悲鳴を上げる。

そこに転がっていたのは、死体だった。風化して骨と皮だけになった男の死体だ。

「十九年前の事故の被害者……か」

狩野が興味を惹かれたように呟いた。

「ちょっと待って……そのバッジ……！」

真緒が死体のスーツの襟元に目を留める。

ほう、と狩野が口角を吊り上げた。メッキが剥がれて銀色の下地が露出しているが、龍を模した特徴的な意匠は見間違えようがなかった。

「樂龍会の襟章か。どういうことか、詳しく話してもらおうか、高藤くん。十九年前にここで起きた事件に、樂龍会は関わっていたんだな？」

狩野が、おどけた調子で高藤を問い詰める。

その場にいる全員の視線を浴びて、高藤は怯えたように肩を縮こまらせた。そして自暴自棄になったように言葉を絞り出す。

「アヘンだ」

「……アヘン？　麻薬の？」

真緒が目を丸くして訊き返した。

その反応で勢いづいたのか、高藤は堰を切ったように話し出す。

「私も詳しい経緯は知らない。なにしろ元は百年近く前の話だ。座倉家は生糸貿易で成り上がったといわれているが、当時の日本の生糸産業は戦争のせいで衰退が激しかった。新興の貿易商社である座倉家にとっては厳しい環境だ。まともなやり方では財閥系の大手に太刀打ちできない。そこで座倉家が目をつけたのが――」

「アヘン貿易への関与だったわけか」

狩野の相槌に、高藤は重々しくうなずいた。

「欧米列強に支配された当時の中国大陸には、アヘンの常用者が多くいた。アヘンの供給が途絶えれば、最悪、暴動が起こりかねない。大陸に進駐した旧日本軍にとっては頭の痛い問題だ。そして座倉家が得意としていたのは、アヘンの産地である仏領インドシナとの交易だった」

「座倉家は軍部と結託してアヘンの流通に関わっていた、ってことね」

真緒は額に手を当てて考えこむ。

十九世紀のアヘン戦争の例を引くまでもなく、植民地政策と麻薬に密接な関係があることは広く知られている。貿易商である座倉家が、アヘンを取り扱っていたとしても、それほど奇妙な話ではないだろう。

「座倉家に後ろ暗い過去があるのはわかったわ。だけど、それって戦時中の話でしょう？」

「そいつはどうだろうな」

狩野が嘲るような含み笑いを漏らした。真緒が軽蔑まじりの視線を狩野に向ける。

「なにが言いたいの？」

「一度でも犯罪に手を染めて旨い汁を吸った連中が、それを簡単に忘れられるのかって話だよ」

「……そうだ」

高藤が低く呟いた。

「座倉家は終戦後もひっそりと日本国内で麻薬の販売を続けていた。その流通を請け負っていたのが樂龍会だ。座倉家が仕入れてきたアヘンを高純度のヘロインに精製して、お互い莫大な利益を上げていたらしい。十九年前のあの事故が起きるまでは」

「なるほどなるほど。この屋敷は、ヘロインの精製工場だったというわけか」

狩野が甲高く笑って、傍にあった醸造樽を蹴飛ばした。

晴たちは唖然として土蔵の中を見回した。

なぜ人里離れた山奥に座倉家の屋敷はあったのか。なぜこれほど広大な敷地が必要だったのか。土蔵の中に隠されていた工場のような設備はなんのためにあったのか——すべての情報がつながって、パズルのように連鎖的に謎が解けていく。

ヘロインはアヘンを原料として作られる強力な麻薬だ。得られる快感と引き換えに、極めて高い依存性を持っている。座倉家はそれを密造し、樂龍会がその販売を請け負っていた。

座倉家が保有するといわれていた謎の収益源こそ、ヘロインの密売だったのだ。

「そういえば真継くんを殺そうとした暴走トラックの運転手も麻薬中毒者だったな。樂龍会が事件に関わっていたのなら、当然、麻薬中毒者を用意するのも難しくなかったわけだ」

水之江が高藤を咎めるように呟く。大方、真継晴を殺せば麻薬が手に入るとでも言い含めて、晴を殺すために利用したのだろう。想像以上に悪辣な手口だ。

「だが、アヘンやヘロインを精製するための原料のケシはどこから手に入れた？　まさかこの山中でせっせと栽培してたのか？」

「それは私にもわからない」

水之江の疑問に、高藤は弱々しく首を振る。

「だが、座倉義郎は匣があればいいと言っていた。あの匣を手に入れれば、我々は再びヘロインの流通を再開できると――」

「……匣？　麻薬の材料になる特殊骨董なんて、そんなの聞いたこともないわよ……？」

真緒が唖然としたように言った。水之江も困惑したように黙りこんでいる。

「ハハッ……そうか……そういうことか。それが、匣の正体か……！」

狩野が爛々と目を輝かせて笑い出す。

黒髪の少年の姿が消えて、狩野の右手に直刀が現れた。同時に出現した拳銃を左手で握って、狩野はそれを晴の背中に突きつける。

「狩野!?　あなた!?」

真緒が目尻を吊り上げて叫んだ。しかし狩野は、それに構わず晴を強引に引き寄せた。

「真継晴は預からせてもらう。悪く思うなよ、杠屋！」

狩野が拳銃の引き金を引いた。

撃ち放たれた弾丸が狙っていたのは、採光用の小さな格子窓だった。

砕けたガラスが頭上から降り注ぎ、高藤が悲鳴を上げてうずくまる。

その直後、凄まじい勢いで吹きこんできたのは霧だった。土蔵の窓が破れたことで、外から霧が進入してきたのだ。それはたちまち濃度を増して、ぼんやりとした人の姿を形作る。

「封印を解け、真継晴。そうしなければ杠屋の連中が死ぬぞ」

晴の喉に刃を突きつけて、狩野が言った。晴はキッと目つきを険しくする。

「狩野さん!?　あなたは、なにを……!?」

「まだ気づかないのか、真継晴。封印だ」

「え？」

晴は、狩野が、壊れた麻薬精製設備を見ていることに気づいた。なぜこの土蔵の内部だけ、外の廃墟と違う印象を受けたのか、晴はその理由にようやく気づく。

壊れた設備。すなわち廃棄物――

この土蔵の中にあるのは特殊骨董なのだ。

匣を封印するために用意された、廃棄物の付喪神――

「やれ、真継晴。おまえに真実を教えてやる。十九年前にこの地でなにが起きたのかを――」

狩野が、晴の耳元で囁いた。無垢な人間を誘惑する蛇のように。

晴は、廃棄物たちへと意識を向けた。狩野の言葉を無条件に信用したわけではない。

だが、ここにある廃棄物が封印だというのなら、それを解放しない限り、真緒たちが助からないのも事実なのだ。

「これが……封印……!?」

廃棄物たちの記憶が流れこんできて、晴はそこにある封印の意味を理解する。

積み上げられていた精製設備が崩れ落ちるように移動して、そこに現れたのは、扉だった。

土蔵の床に設けられた、地下への扉だ。

その扉を乱暴にこじ開けて、狩野は晴を突き落とす。

重力から解き放たれたような一瞬の浮遊感とともに、晴は闇の中へと転がり落ちていった。

【弐拾肆】

「麻薬を手に入れるための道具だと？　そんな理由でおまえらは匣を欲しがってたのかよ!?」

和泉はそう言って乱暴に壁を蹴りつけた。

壁際にへたりこんでいた座倉義郎が、ひっ、と身を竦ませる。

座倉家本家の応接室。坂上弁護士の死体が転がっていた部屋だった。嫌がる義郎を無理やり連れこんで、事情を聞き出したところである。

座倉統十郎の遺産目当てで義郎が晴の命を狙っていたのは、おおむね和泉たちの予想どおりだった。座倉家と樂龍会が麻薬を商っていたのは意外だったが、さして重要な情報でもない。

和泉を呆れさせたのは、義郎が匣を求めている理由だった。彼は座倉家が抱えている莫大な負債を、麻薬を売ることで補おうとしていたのだ。

「そ、そうだ。ケシの種子か、それとも麻薬の密輸ルートに関わる情報か——とにかく、あの匣の中身こそが座倉家を立て直すための鍵なのだ」

力尽きたようなかすれた声で、義郎が頼りなく主張した。

和泉は目元を覆って大げさに頭を振る。

「こんなアホのせいで命を狙われていたなんて、晴が救われないぜ」

「な、なにを……」

反射的に言い返そうとした義郎のすぐ傍の壁を、和泉が再び蹴りつけた。

義郎が再び悲鳴を上げてうずくまる。

そんな和泉の尋問ともいえないようなやり取りを、律歌と加賀美は離れた場所から呆れ顔で眺めている。ふたりが調べているのは坂上弁護士と、屋敷の使用人たちの死体だった。

義郎を襲った使用人たちが、純白の霧の妖気に操られていたのは間違いない。

だがそれは直接の死因ではなかった。彼女たちの命を奪ったのは、呼吸中枢の麻痺による窒息死。アヘンやヘロインなどのオピオイド系麻薬の過剰摂取時に見られる症状だ。

坂上弁護士の死因もおそらく同じだ。つまり彼らは急性の麻薬中毒で死んだことになる。

「わからないようだからはっきり言ってやる。おまえは特殊骨董のヤバさを、なにもわかってない。あれをただの貴重品入れかなんかだとでも思っていたのかよ」

「あ……ああ?」

和泉に胸ぐらをつかまれて、義郎が間の抜けた表情を浮かべた。

「十九年前に事故が起きて、特殊骨董が封印されたと言ったな。つまりその事故とやらを引き起こしたのは、おまえらの家に伝わっていた特殊骨董なんだよ」

「匣が事故を……引き起こした？」

義郎が声を震わせた。和泉に睨まれた彼の顔が、見る間に強張って青ざめていく。忘却の彼方に追いやられていた十九年前の事故の記憶が、和泉の言葉で甦ったのだ。

「そうだ……奴だ……あの娘……弘務兄さんと一緒にいたあの娘が……」

「娘……？　晴の母親のことか？」

奥歯をガチガチと鳴らし始めた義郎を、和泉が激しく揺さぶった。

義郎は怯えたように首を振る。

「違う。そうじゃない。真継サキは、あの娘の世界から、弘務兄さんを連れ戻すために呼ばれたんだ。そうだ、だからあの娘は座倉家を……呪って……」

「……呪った？」

和泉が面喰らったように訊き返す。義郎の言葉はまったく要領を得ない。だからといって嘘をついているわけではないらしい。少なくとも義郎が感じている恐怖は本物だ。

「そのとおりだ」

和泉たちの背後から、厳かな声が聞こえてきた。死人が奏でているような朽ちかけた声だ。

予期せぬ闖入者の出現に、和泉は首を傾げて振り返る。

そこにいたのは車椅子に乗った老人と、彼に付き添う執事風の男性だった。

「お、伯父上……」

車椅子の上の老人を見て、義郎が弱々しく呼びかける。

「誰だ、おまえは？」

和泉が目つきを悪くして訊いた。老人はうっすらと薄い唇を緩めて笑う。

「この座倉家の当主だよ。おまえたちは杠屋、だったか？」

「そうだ」

「特殊骨董処理業者か……真継サキの同業者と再びまみえることになるとはな」

「真継サキ？　晴の母親が、特殊骨董処理業者だと……？」

和泉は、胸ぐらを絞め上げていた義郎を解放して、車椅子の老人に向き直った。座倉家の当主を名乗るということは、この老人が座倉統十郎なのだろう。

「真継晴の母親か……なるほど。あながち間違いではないか」

統十郎が、和泉の言葉を聞いて懐かしそうに呟いた。

「どういう意味だ？」

和泉は統十郎に近づいて、威圧するように低く唸る。統十郎の口振りでは、晴が真継サキの本当の息子ではないというふうにも受け取れる。

「おかげで匣の封印を解くことができた。これで思い残すことはなくなった。座倉家の名誉を汚す者は、すべて消える。義郎も、樂龍会のチンピラどもも――」

統十郎は和泉の質問に答えず、満足げな表情を浮かべて窓の外を見た。

和泉が激昂して眉を吊り上げる。

「おまえ……座倉家の過去の犯罪を揉み消すために、関係者を皆殺しにするつもりか!?」

「自分の命が間もなく尽きると知らされて、私は己の過去を後悔したのだよ」

統十郎が自嘲するように弱々しく微笑んだ。

「座倉家と麻薬の関わりを知る者たちを、なぜ野放しにしてしまったのか。彼らが座倉家の名声を貶める可能性を、なぜ見過ごしてしまったのかと――」

「いやいやいや……貶めるもなにも、実際に自分たちがやらかしたことだよね……？」

さすがに黙っていられなくなったというふうに、律歌が横から口を挟んでくる。

統十郎は、その律歌を醒めた目で一瞥し、

「暴かれることのない罪は、罪ではない。真実など、あとで如何様にも書き換えができよう。それは骨董品を扱うおまえたちが誰よりもよく知っていることではないのか？」

ぐ、と律歌がくぐもった声を上げた。

骨董品の価値を決めるのは、器物としての出来そのものよりも、器物に付随する情報だ。高名な作り手の作品であること。有名な逸話が残っていること。その情報の一部は真偽不明で、後世の創作が混じっていないとは言い切れない。

統十郎は座倉家の歴史を、そのような耳障りのいい嘘で塗り固めようとしているのだ。座倉家の犯罪を知る人々をすべて抹消することで。

「真継晴の存在を知ったとき、これこそ天の配剤だと思ったよ。今こそ積年の憂いを断ち切るときだと。すなわち座倉家の過去を知る者すべてを、この屋敷に呼び集め、根絶やしにする。匣の封印が解ければ、それは容易いことだ」

「そのために晴を呼んだのか？　匣の封印を解くために——」

ぎり、と和泉が奥歯を鳴らした。統十郎は悠然とうなずいた。

「そうだ」

「だとしても、匣には晴や俺たちを殺す理由がないだろうが」

「いや、真継晴の存在を知れば、匣は間違いなく暴走する。十九年前と同じように——」

「暴走する？　なぜだ？」

和泉が噛みつかんばかりの勢いで詰問する。

統十郎は古びた記憶を辿るように目を閉じた。

「真継晴は奴を裏切った女の息子だからだ」

「晴の母親が、特殊骨董を裏切った……？」

「そして十九年前とは違って、暴走した匣を止められる者はもういない。怪王の力を持つ者は」

「怪王……だと？」

わけがわからない、というふうに和泉が額を押さえた。統十郎の言葉は飛躍だらけで、真実を語っているのかどうかすら定かではない。

ただひとつだけ確実に言えるのは、晴の身が危険だということだ。

匣の封印を解くために彼が必要だということは、匣が暴走を開始したとき、もっとも近くにいる可能性が高いのは晴だからだ。

「どうやら始まったようだ。座倉家は、今日、ここで滅ぶ」

再び窓の外に目を向けて、統十郎が言った。

座倉家の敷地を覆う霧が、急激に濃度を増していた。凄まじい妖気を含んだ霧だ。統十郎が言うように、匣の封印が解かれたのかもしれない。静電気に似た不快な刺激が、和泉たちの肌をビリビリと刺激する。

「おまえたちには関係のないことだが、我らに関わったのは不運だったな。せめてもの手向けだ。清崎、楽に殺して差し上げなさい」

車椅子を押す執事風の男性に、統十郎が淡々と命令する。

清崎と呼ばれた男は一礼して、車椅子の背からなにかを引き抜いた。セミオートマチックの散弾銃だった。装弾数は三発。ちょうど和泉たち全員をぴったり殺せる数だ。

「いいのか？　その爺さんの言葉が正しければ、あんたも死ぬことになるんだぜ？」

和泉が清崎に向かって訊いた。

銃を構える清崎までの距離は四メートルほど。狩猟用の散弾銃なら必中の距離だ。

それに対して和泉の間合いには遠すぎる。刀があれば話はべつだが、和泉の愛刀は、狩野に破壊されたばかりだ。

「もとより覚悟はできております。私は座倉家に仕える家令ですから」

清崎は、職業的な微笑を浮かべて言った。

引き金に指をかけた彼を見て、和泉はふてぶてしく笑い返す。

「座倉家が滅びるなら、自分も一緒に、か——悪いが、あんたのその願いは聞けないな」

「さて、それはどうでしょうか？」

清崎が躊躇なく発砲した。吐き出された散弾が、応接室の壁に無数の穴を穿つ。

だが、そこに和泉の姿はなかった。

和泉も、その足下にへたりこんでいたはずの義郎も、蜃気楼のように消え失せている。

「助かったぜ、加賀美！」

呆然と立ち尽くす清崎の真横に、和泉の長身が現れた。

否、和泉は最初からそこにいたのだ。清崎が見ていたのは、和泉の幻——光の屈折を自在に操る加賀美の異能が生み出した幻影だ。

「なんと……!?」

初めて感情らしい感情を見せた清崎の横っ面を、和泉は力ませに殴りつける。

清崎は壁際まで吹き飛んであっさりと気絶した。

動かなくなった家令の姿を、統十郎は失望したように眺めている。加賀美の異能を見ても驚かないのは、特殊骨董処理業者の正体を知っていたからなのだろう。それでも統十郎がひとりでできることはもうなにもない。ここにいるのは、ただの死にかけた老人だ。

「加賀美！　西原！　こいつらのことは任せた！」

同僚のふたりを振り返って、和泉が怒鳴る。

「衛ちゃんは？」

「晴を追いかける！　旧館とやらまで案内してもらうぜ、おっさん」

律歌の問いかけに大雑把に答えて、和泉は義郎の首根っこをつかみ上げた。

義郎は半泣きになりながら、為すすべもなく和泉に引きずられていく。

【弐拾伍】

簡素な木製の階段の先には、狭い洞窟が続いていた。足下には水が流れている。

旧座倉家の土蔵に隠されていた地下道。まるで秘密の抜け穴だ。

あの土蔵は――あるいは旧座倉邸そのものは、この洞窟の存在を隠すために建てられたのかもしれなかった。

「手荒な真似をして済まなかった。ついでにもう少しつき合ってもらおうか、真継晴。宿鉄、肩を貸してやれ」

硬い表情の晴を見下ろして、狩野は一方的に告げてくる。

晴は、黒髪の少年に半ば担がれるような姿で立ち上がった。

無理やり突き落とされたせいで全身あちこちが痛むが、傷そのものはたいしたことはない。廃棄物の付喪神たちが、クッションのように晴を守ってくれたからだ。狩野は、最初からそうなることを知った上で、晴を突き飛ばしたのかもしれなかった。

「明無さんたちを見捨てる気ですか……？」

晴が頭上を見上げて訊き返す。地下の洞窟に続く扉は、狩野の手で再び閉ざされている。取っ手に木切れを突っこんだせいで、外からでは開けられなくなっているはずだ。土蔵に残った真緒たちは、今ごろ霧の亡霊に襲われているはずだ。地下に降りられないと、彼女たちには逃げ場がない。

「杠屋の連中のことなら心配するな。霧の亡霊程度が相手なら、式盤の奴がどうにかするさ。どうせ和泉守も近くまで来ているんだろう？」

狩野が無関心な口調でそう言った。

「和泉守？」

「なんだ、知らなかったのか？」

困惑気味に目を瞬く晴を眺めて、狩野が意外そうに眉を上げる。

「あいつの銘だよ。和泉守兼定。室町時代に打たれた最上大業物の古刀だ。ある幕末の剣士が所有していたといわれているが、わずかな記録が残るだけで所在がわからなくなっていた」

「古刀……刀……」

「実戦で使われた日本刀の中では、最上級の部類だろうよ。これまでに斬った人間の数は、百や二百じゃ利かないはずだ。妖かしになるには十分な悪業だな」

どこか愉しげな狩野の言葉に、晴は言葉を失った。

今さら和泉の正体に驚いたわけではない。晴は和泉の記憶を視ている。当然、彼が銘刀と呼ばれる存在だったことも知っていた。自らの肉体で人を斬り殺した過去があるのも、薄々は予想がついていた。

だが、彼がそれほどまでに高名な刀だったという事実は、さすがに晴を動揺させた。

和泉は、晴が想像していたよりも、遥かに多くの実戦をくぐり抜け、大勢の人間を斬殺している。晴はそれを知らなかった。和泉が、忌まわしいその記憶を、魂の奥底に厳重に封印していたからだ。

「和泉守が使主に心を許さないのも、それが理由だ。奴は恐れてるんだよ。自分が再び人殺しの道具として使われることをな。愚かなことだ」

狩野が和泉を哀れむように微笑んだ。晴はその言葉を聞き咎める。

「愚か？」

「そうは思わないか？　奴の本体は日本刀だ。道具としての本来の役目を果たすには、誰かを傷つけるしかない。それなのに奴はそれを恐がっているのだからな。実に救われない話だよ」

突き放すような言葉とは裏腹に、狩野の声は優しく感じられた。晴はそのことに驚いた。

道具として生まれた付喪神たちは、自らの力を役立てたいという本能を持っている。加賀美や西原、そして水之江ですら、自分の力が誰かに使われることを望んでいるのだ。

しかし和泉に与えられたのは、人を斬るという能力だけだった。

和泉はそれを恐れている。力を発揮したいというモノとしての本能と、他人を傷つけたくないという妖かしとしての想い。その矛盾が彼を苦悩させている。

だから狩野は、和泉に言ったのだ。

俺のところに来い。その力、存分に振るわせてやる――と。

使主としての狩野は、他者を傷つけることになんの痛痒も感じない人間だ。

刀剣の付喪神にとって、ある意味、彼は理想的な使い手といえるだろう。

狩野に道具として使われている限り、付喪神たちは悩み苦しむ必要がないからだ。

だとしたら――と、晴は疑問に思う。自分に和泉を抜く資格はあるのだろうか、と。

「行くぞ。足下に気をつけろよ」

スマホのライトで足下を照らしながら、狩野が洞窟の奥へと歩き出す。

宿鉄と呼ばれた少年が、晴の手を引いて狩野に続いた。

小柄な宿鉄だが、彼の力は恐ろしく強く、晴は逆らうことができない。

洞窟は晴の想像していたよりも長く、そして異様なほどに美しかった。

足下の水面の輝きが壁全体に反射して、海の底に潜っているような錯覚に襲われる。

「土蔵の地下に、こんな場所が……？」

「異界に続く回廊だ。おそらくな」

晴の疑問に、狩野が答えた。

「……異界？」

「仙境ともいうな。あるいは常世の国とも。現代風に言うなら、理想郷ってやつだ」

「理想郷？」

晴が訝るように目を凝らす。温かく湿った風が晴の頬を撫でたのは、その直後のことだった。

洞窟の出口が近づいて、淡い輝きが晴を照らした。

降り注ぐ光の中に見えてきたのは、白い花に覆われた広大な大地だった。

ただ一種類の花だけが咲き誇る人工的な農園だ。

農園の面積は座倉家の敷地全体を優に超えている。遠くに見える山の形も、丹沢の風景とは違っていた。樹木の植生も明らかに日本のものではない。まさしくここは異界だった。

強大な特殊骨董によって生み出された、幻の世界だ。

「これが……こんなものが……理想郷？」

誰もいない寂寞とした風景を眺めて、晴がうめいた。

たしかに美しくはあるが、それだけだ。この世界には孤独と死の気配だけが満ちている。

「理想郷さ。特にこいつの煙を吸いこんだ者にとってはな」

農園を覆い尽くす白い花を眺めて、狩野がうっすらと微笑んだ。

彼が口にした煙という言葉に、晴は奇妙な胸騒ぎを覚えた。そう、煙だ。雨上がりの濃霧に紛れていたせいで気づかなかったが、あれは霧ではなく煙だったのではないか──と。

「ここに生えている植物が、なんだかわかるか？」

足下の草むらを見下ろして、狩野がからかうように訊いてくる。

晴の腰丈ほどの草だった。鋸刃のような不揃いな葉の間から真っ直ぐな茎が伸びて、その先に鮮やかな白い花が咲いている。花が散ったあとに残っているのは特徴的な球形の果実だ。

植物にはさして詳しくない晴も、その花の名前は知っていた。

未成熟な果実から採れる成分が、ある種の医薬品の材料になるからだ。

「……ケシ……ソムニフェルム種の」

「正解だ」

狩野が、晴の答えを聞いて満足そうにうなずいた。

「ケシの実に含まれるオピオイド・アルカロイドは、吸引した人間に陶酔や多幸感をもたらし、時には死に至る昏睡や呼吸抑制を引き起こす。それが樂龍会の連中を襲った白い煙の正体だ。俺たちが遭遇した亡霊どもは、ケシから生み出された麻薬を利用して実体化してやがるのさ」

「アヘン……」

晴は背中に寒気を覚えた。

座倉家の地下には常世の国が——異界へとつながる洞窟があるのだ。それも見渡す限りのケシの農園に満たされた異世界だ。

否、その洞窟を利用するために、座倉家の一族はこの地に屋敷を建てたのだろう。

無尽蔵のアヘンを収奪し、利用するために。

「座倉家の匣は強大な力を秘めた特殊骨董だったが、連中は使い方を誤った。薄汚い金儲けの道具に貶め、壊した。勿体ない話だよ。国宝どころじゃない伝説級の神器が台無しだ」

振り返った狩野が、残酷に笑う。

「俺が受けた依頼は、座倉家に伝わる特殊骨董の処理だ。価値があるなら回収するし、そうでなければぶち壊す。杠屋の連中だってそうするさ。使えない道具は要らない。当然だろ？」

狩野の声には、うっすらと怒りが滲んでいた。

貴重な特殊骨董が失われたことを嘆いているわけではない。自分が手に入れるはずだった宝を横取りされたことへの身勝手な苛立ちだ。

「そう恐い顔をするな、真継晴。おまえは匣をおびき出すための餌だが、ここに訪れたことは、おまえにとっても損じゃないはずだ。なにしろここは、おまえの生まれ故郷なんだからな」

「……おれの……故郷？」

晴は呆気にとられて狩野を見た。

幼いころから普通ではないと言われ続けてきた晴だが、さすがにこれは度が過ぎている。

特殊骨董が作り出した異界を生まれ故郷といわれても、素直に受け入れる気にはなれない。

だが、狩野に反論する時間は、晴にはなかった。

晴の手を握っていた宿鉄が、唐突に足を止めて身構えたからだ。

「泰智」

宿鉄が静かに狩野を呼んだ。

狩野が少年の視線を追って、背後のケシ畑へと目を向ける。

どこからともなく緩い風が吹いて、純白の霧が花畑を覆った。

霧はやがて無数の人の姿へと変わる。数十体はいるだろうか。まるで石膏像のように純白の霧で描き出された、美しい男たちの亡霊だ。

彼らはかつてこの異界で暮らし、現世に戻ることなく死んだ人々なのだと、晴は気づく。

それはまさに霧の亡霊そのものだ。

その亡霊たちを護衛のように従えながら、小柄な影が現れた。

異国の王女を思わせる絢爛な衣装をまとった、怖気を感じるほどの美女だった。

彼女の姿に、晴は息を呑む。

その娘が抱いていたのは、晴によく似た男の生首だったからだ。

「ようやく会えたな、座倉家の特殊骨董」

狩野が人影を睨んで、荒々しく吼えた。

宿鉄はすでに刀の姿に変わって、狩野の右手に握られている。

そして続けての狩野の言葉に、晴は今度こそ絶句した。

「いや、玉手箱」

狩野に名を呼ばれた人影が、くふ、と息を吐いて唇の端を吊り上げた。

憎悪に満ちた笑みだった。

【弐拾陸】

「——なるほど、大体の事情はわかったぜ」

燃費の悪いエンジンを強引に吹かしながら、和泉は悪びれることなくそう言った。

旧座倉邸に向かう山道だ。普通の車では到底通れないような悪路を、和泉のランドクルーザーは無茶な運転で乗り越えていく。

「だったら、私を解放しろ。いったいどこまで連れて行くつもりだ！」

限界近くまで傾いた車内で手すりにしがみつきながら、座倉義郎が絶叫した。前後左右に絶え間なく揺さぶられ続けた彼の顔色は、蒼白を通り越して土気色になっている。

「晴を殺そうとした極悪人が、眠いこと言ってんじゃねえよ。道案内の途中だろうが」

義郎の懇願をひと言で却下して、和泉は眉間のしわを深くした。

道路を覆う白い霧が、明らかに濃さを増している。

「煙を吸うなよ。こいつはアヘンだ」

エアコンを内気循環に切り替えながら、和泉は義郎に警告した。

義郎が驚いて和泉を見る。

「アヘン？　馬鹿な……こんな大量のアヘンをいったいどこから!?」

「そんなもの、特殊骨董の仕業に決まってるだろ」

和泉が不機嫌な口調で言った。義郎は、理解できない、というふうに激しく首を振り、

「これが特殊骨董の力だと？　だが、アヘンを無尽蔵に吐き出す道具など聞いたこともないぞ」

「そいつはどうかな」

和泉が素っ気なく鼻を鳴らす。

「アヘンってのはダウナー系の麻薬だ。時間の感覚を忘れて強烈な多幸感が味わえる。そういう煙を吐き出す匣が、有名な昔話に出てくるだろう」

「は……箱？」

義郎がパチパチと目を瞬いた。有名な昔話。煙を吐き出す箱。そして時が経つのを忘れるほどの幸福——クイズにもならない簡単な質問だ。義郎にしても答えがわからないのではなく、わかったからこそ戸惑っているのだろう。

「まさか浦島太郎のことを言っているのか？」

「そう。浦島伝説だ」

和泉がやる気なく息を吐き出した。

「俺も詳しく知ってるわけじゃないが、あの伝承がアヘン中毒者の暗喩ではないかという

のは、研究者の間じゃ有名な話らしい。竜宮城で過ごした楽しい日々は麻薬がもたらす多幸感。煙を吸って老人と化すのは、アヘン窟にこもっている中毒者のイメージだな」

「匣……座倉家の匣というのは、浦島太郎の玉手箱のことなのか？」

「さあな」

俺が知るか、と和泉が呆れたように言う。

玉手箱。古くは玉匣とも呼ばれていた道具箱。櫛や化粧道具を入れるための、宝石で飾りつけた美しい容器だ。杠屋が捜していた特殊骨董はその玉匣のひとつだが、来歴や能力までは聞かされていない。

「浦島伝説に登場した箱そのものとは限らないさ。似たような伝説は世界各地に存在するからな。玉手箱と同じような能力を持った匣が、複数あっても不思議はねえよ」

和泉は慎重にアクセルを操作して、ぬかるみに嵌まりかけた車を前進させる。霧のせいで視界が悪い。一歩間違えば崖下に転落してしまいそうだ。

「もともと浦島太郎が訪れた場所は、沖縄やミクロネシアあたりの実在の島じゃないかって説もあるんだ。実際に潮流に流されて、そういう土地に漂着した漁師の例があるらしい。東南アジア方面と交易していた座倉家の先祖が、偶然、匣を手に入れたんだろうさ。多分な」

「そうか……あの匣にはそのような意味が……だとすればあの娘が、匣の持ち主……か」

和泉の説明に納得したのか、義郎が怯えたように呟いた。

「匣の持ち主？　真継サキのことを言ってるのか？」

「違う。異国の美しい娘だ。そう、まさしく乙姫のような」

「乙姫だぁ？」

「私も数えるほどしか見たことはないのだ。彼女は、屋敷の土蔵から外に出ることはなかったから……真継サキは、その娘の世話をするために雇われたと聞いている」

「土蔵の中に囚われていた娘か。間違いない。そいつが特殊骨董だ」

和泉は迷いなく断言した。

考えてみれば当然のことだった。玉手箱ほどの力を持つ特殊骨董が、人の姿に変化できないということはあり得ない。座倉家の匣は美しい娘の姿となって、真継サキの傍にいたのだ。

「そうか……だから匣は座倉家を呪ったのか。伯父上が弘務兄さんを殺したせいで……」

「なに？」

独り言めいた義郎の呟きに、和泉は眉を撥ね上げた。

「伯父上というのは、座倉統十郎のことか？　あの爺さんが弘務を殺した……？　座倉弘務は統十郎の実の息子じゃねえのかよ？」

「仕方がなかったのだ。弘務兄さんは、座倉家と麻薬の関わりを世間に公表しようとしていた。だから私に命じて、樂龍会の殺し屋を手配しろと……」

座倉弘務の本当の死因はそれか。晴の父親は統十郎に殺されたのか……！」

和泉の表情が険しさを増す。

「おい、座倉弘務と乙姫の関係は？　ふたりはいつも一緒にいたのか？」

「そ、そうだ。あの娘のいる土蔵に自由に入れるのは、弘務兄さんだけだったから……」

「なんてこった。座倉弘務が匣の使主かよ……！　よりによって、使主を殺しただと……!?」

「し、使主？」

思わず天を仰いだ和泉の横顔を、義郎がぽかんと見つめてくる。

玉手箱は、まぎれもなく伝説級の特殊骨董だ。その特殊骨董が使主を失って暴走を始めれば、どんな惨劇が起きても不思議ではない。十九年前の事故の犠牲者がわずかな数で済んだのは、奇跡のような幸運だったのだ。

「あれだ。あれが旧館だ！」

近づいてきた廃墟を指さして、義郎が叫んだ。

「特殊骨董が囚われていた土蔵ってのは、あれか……」

周囲に散らばる瓦礫を蹴散らすようにして、和泉は、旧座倉邸の敷地に車を乗り入れた。

そんな和泉たちの目の前を、体長四、五メートルもある獣が横切る。敷地内に集まっている霧の亡霊たちを蹴散らしているのだ。

「仙厳！」

和泉が車を停めて外に出た。巨大な化け猫が和泉たちを振り返り、ランクルの中にいる義郎が悲鳴を上げる。

「衛！　遅いわよ！」

霧の中から姿を現した真緒が、弱々しい声で和泉を罵倒した。彼女の隣にいる水之江は、気絶したビジネススーツの男を引きずっている。

「悪いな。こっちもいろいろあったんだよ。そっちも元気そうだな」

和泉が真緒たちの無事を確認して息を吐く。

ふたりに目立った外傷はないが、真緒も水之江も疲労が激しい。水之江の運命操作を連発して、霧の亡霊たちの襲撃を凌いでいたらしい。

「あたしたちはなんとかかね。でも、晴が……！」

「晴がどうした？」

「狩野に連れて行かれたの！　土蔵の床に地下への抜け道があって――」

「なに？」

和泉の頬が引き攣るように歪んだ。真緒の説明が事実なら、今ごろ晴は狩野に連れられて、匣と対面していることになる。狩野は、晴を使って匣を引きずり出すつもりなのだ。

「そうか。あいつも気づいたんだな。匣の正体と晴の関係に……！」

和泉が凶悪な目つきで土蔵を睨みつけた。

「水之江、真緒を頼む。ついでにあのオッサンもな」

ランクルの車内で震える義郎を、和泉が邪険に指さした。

アヘンの煙で生み出された亡者たちは、生物にとっては脅威だが、車の窓を割るような力はない。気密性の高い車内にいれば、もうしばらくは耐えられるはずだ。

「真継くんのことは任せていいんだな」

車の鍵を受け取って、水之江が訊いた。

和泉は力強くうなずいた。

「ああ。必ず連れ戻す」

【弐拾漆】

純白のケシの花畑に、美しい娘が立っている。彼女が大事そうに抱いている生首を見つめて、狩野が蔑むように笑った。

「使主のいない特殊骨董が、これほどの力を使えるのは奇妙だと思っていたが——なるほどな。その生首がおまえの使主というわけだ、玉手箱」

「え？」

狩野の言葉に、晴は唖然とする。

使主とは特殊骨董を支配する存在だと聞いていた。だが、玉手箱の使主である座倉弘務はすでに死んでいる。頭部だけで生きるのは、たとえ使主といえども不可能なはずだ。

「龍宮とは蓬莱——不老不死の仙境の別名だ。この異界の中にいる限り、その男は朽ち果てることなく生き続ける。たとえ生首だけになろうともな」

晴の疑問に答えるように、狩野が続けた。

座倉弘務は、首を切り落とされた状態で生きている。いや、死に続けているというのが正確か。匣を支配する使主としての力を行使した状態で、彼の時間は止まったのだ。

だから、匣は力を使える。

使主に支配された状態でなければ使えない、彼女自身の本来の力を——

「あの特殊骨董はこの場で破壊させてもらう。悪く思うなよ、真継晴」

　狩野が直刀を構えて言った。晴はそのことに驚いた。

「破壊？　匣を手に入れるのがあなたの目的だったんじゃ……」

「杠屋の連中には悪いが、俺は付喪神がこの世界に存在することを認めない。そいつのように、不幸を撒き散らす危険な妖かしであれば尚更だ」

「なぜです？　どうしてそこまで……？」

「私怨だよ。あの特殊骨董が座倉家の人間を恨んでいるのと同じように、俺は妖かしどもを恨んでいるのさ。特殊骨董が犯した罪は、人間の法では裁けない。ならば俺たちが処理するしかないだろう？　器物は器物らしく、倉庫の隅で埃を被っていろ！」

　狩野が直刀を無造作に振るった。黒塗りの刃から吐き出された妖気が、娘の姿を隠そうとする霧の亡者たちを薙ぎ払う。

「特殊骨董処理業者……私を謀ったあの娘の仲間か」

　匣が憎悪に満ちた眼差しを狩野に向けた。

「真継サキのことを言っているのか？」

　狩野が意外そうな口調で訊き返す。

「あの娘は、この忌まわしき土地から我らを連れ出すと……我と弘務を囚われの身から解放すると言った。そのために座倉家に入りこんだのだと」

「そうか……真継サキも、匣を回収するために来た俺たちのご同業だったわけか……」

傑作だな、と狩野は失笑した。晴は呆然と彼らの会話を聞いていた。

真継サキは特殊骨董処理業者として十九年前にこの地を訪れた。座倉家に伝わる危険な特殊骨董――匣の回収が目的だ。時間をかけて座倉統十郎の信用を勝ち得た彼女は、無事に匣との接触に成功した。そして使主である座倉弘務とともに、匣を連れ出そうとしていたのだ。

「晴れた空を私に見せてくれると、あの女は我らに約束した。弘務は我が生み出す煙を嫌っていたからな」

胸に抱いた生首を、娘が愛おしげに撫でる。

「だがそれは虚言だった。あの女のせいで弘務は統十郎に殺された。あの女は我らを救うことなく、たったひとりで逃げ出した。奴は我らを騙したのだ――！」

匣の感情の昂ぶりと同時に、周囲を覆う霧が濃さを増した。

無数の霧の亡者が晴たちを取り囲み、一斉に襲いかかってくる。

「座倉家の当主が、実の息子を殺したのか？　それが貴様の暴走の原因か……！」

狩野が再び直刀を振るった。宿鉄の妖気の刃が、霧の亡者を押し返す。だが、それも一瞬のことだった。亡者の数は留まることを知らず、晴たちは次第に追い詰められていく。

「聞いたか、真継晴。これが意志を持った道具の成れの果てだ。ただの道具で終わってい
れば、要らぬ希望を抱くことも、愛した人間を失うこともなかっただろうに」

狩野が懐から拳銃を抜いた。生首を抱く娘に無造作に狙いをつける。

「狩野さん、待ってください！　この匣にはまだ聞きたいことが――」

晴が狩野を制止しようとした。しかし狩野は構わず引き金を引く。

轟音とともに吐き出された弾丸が、匣を容赦なく貫通した。

しかし匣は倒れなかった。わずかに姿が揺らいだだけで、撃たれた跡すら残らない。

「煙に映した幻影……だと？」

狩野の顔が初めて焦燥に歪んだ。

晴たちが見ていた娘の姿は、付喪神の本体ではなかった。煙の微粒子による光の回折散
乱が生み出した幻像だ。

「我が本体を破壊できると思ったか？　驕るな、人間。我はこの常世の公主の現身ぞ」

狩野が再び引き金を引く。だが、結果は同じだった。

煙の幻影が邪魔をして、狩野には特殊骨董の本体の位置がわからない。焦る狩野のもと
に霧の亡霊たちが殺到し、彼にまとわりつくことに成功する。

「狩野さん！」

晴は咄嗟に狩野を助けようとしたが、その行く手を阻んだのは生首を抱いた娘だった。

彼女が従える霧の亡霊たちに囲まれて、晴は身動きができなくなる。

そんな晴に娘が顔を近づけた。恐ろしく端整な顔立ち。人外の美貌だ。

「さて、問おう。汝は何者だ？　なぜ、我が使主と同じ顔をしている……？」

胸に抱いた生首と、晴を見比べて、娘が訊く。

晴はそんな娘の宝石めいた瞳を、恐れることなく見返した。

「おれには自分が誰なのかわからない」

「……なに？」

匣が失望したように眉を震わせた。晴はゆっくりと言葉を続ける。

「でも、ひとつだけわかることがあります。真継サキはあなたを騙してなどいなかった。

彼女を裏切ったのはあなたのほうだ」

匣が怒りに目を見開いて、霧の亡者たちが晴を襲った。高濃度の麻薬成分を含んだ煙が、
晴の鼻や喉を刺激する。襲ってくる強烈な酩酊感に耐えながら、晴は続けた。

「あなたが常世からいなくなれば座倉家はアヘンを手に入れるすべを失う。だから座倉弘務は、彼の父親に殺された。それを見たあなたは暴走して、座倉家のすべてを滅ぼそうとした」

「そうだ。だからサキは逃げたのだ。こともあろうに現世へと続く回廊を封印して――」

匣が激昂したように声を荒らげる。

しかし晴は必死に首を振った。

「違う。彼女は逃げたんじゃない。彼女は救おうとしたんだ。あなたが存在を忘れてしまった、小さな命を……生まれたばかりの、座倉弘務の子を……」

「弘務の子だと……」

失われた記憶を辿るように、匣がうめいた。死にかけた人間を使主として暴走を続ける彼女には、すでに正常な記憶はないのかもしれない。

もちろん晴の言葉に証拠はなかった。だが、それ以外に説明がつかないのだ。

晴の顔立ちが、座倉弘務とよく似ているのはなぜなのか。なぜ常世の国から脱出した真継サキは、幼い晴を連れていたのか。

そして使主の生首を抱く妖かしの姿は、赤子を抱く母親の姿にどこか似ている。

人の姿をした付喪神は、人と同じように行動する、と水之江は言った。人と同じように泣き、笑い、傷つき、血を流す。ならば、人と交わり、子を成すこともあるのではないか――

だとすれば晴の本当の母親は、真継サキではなく――

「馬鹿な……あり得ぬ……！」

匣がかすかに声を震わせた。晴は、そんな特殊骨董の娘へと手を伸ばす。

「認めたくないというのなら認めなくていい。だけど真継サキが交わした約束は、おれが彼女の代わりに果たします。たとえあなたを壊してでも、あなたと座倉弘務を現世へと連れ戻す」

「そんなことを――」

匣が凄まじい妖気を放ち、霧の亡者たちが雪崩のように晴に押し寄せた。強烈な倦怠感に襲われている晴は逃げられない。煙に包まれて意識が遠のきそうになる。

ふらつく晴を支えたのは、煙を裂くようにして現れた長身の影だった。妖気をまとった手刀を振って、周囲の霧を追い散らす。

「よく言ったぜ、晴」

「……和泉……さん？」

ふてぶてしく笑う和泉の横顔が、晴には不思議と心強く感じられた。

使い慣れた道具に支えられているような安心感。もしかしたらそれを信頼と呼ぶのかもしれない。家族や友人に恵まれなかった晴が、これまで知らなかった感覚だ。

「和泉守……！」

ケシ畑の中に倒れていた狩野が、和泉を見上げて荒々しく唸った。そんな狩野を見下ろして、和泉は楽しげに目を細める。

「いいザマになったな、狩野」

「馬鹿が！　なぜ式盤を連れてこなかった!?　貴様だけでなにができる!?」

狩野が直刀を支えにしてふらふらと上体を起こした。

和泉は刀の付喪神だ。霧の亡霊に対して有効な能力は持っていない。匣の本体の位置がわからない以上、このままでは狩野の二の舞だ。

しかし和泉は余裕の表情で首を振り、隣にいる晴を見下ろした。

「俺だけってわけじゃないさ。こいつがいる」

「なに？」

狩野が信じられないというふうに目を見張った。和泉が、一度ならず二度までも晴の支配を受け入れたことを、理解できないという表情だった。

しかし和泉は、もはや狩野の存在を視野に入れてはいなかった。

「晴、俺を抜かせてやる。好きに使え」

獰猛に笑う和泉を見上げて、はい、と晴は力強くうなずいた。

晴の手の中に一振りの古刀が出現し、晴はそれを無造作に構えた。力の抜けたその所作が、普段の和泉の立ち姿に重なる。

「刀か……そのような穢れた卑賤の付喪神になにができる？」

匣は傲然と嘲笑した。濃霧にまぎれて彼女の姿が消えていく。

しかし晴は慌てることなく、刀の柄に手を掛けた。

「行きます、和泉さん」

呼気とともに抜き放たれた刀が、なにもない虚空を薙ぎ払う。切り返して、さらにもう一閃。その動きは剣技というよりも、神に奉納する舞に似ている。

「なんのつもりだ……刀の使主……？」

思いがけない晴の動きに、匣が戸惑いの声を漏らした。

その困惑をかき消したのは、狩野の楽しげな笑声だ。

「ハ……そうか……そういうことか！　手を貸してやる、真継晴！」

立ち上がった狩野が、残された力を振り絞って直刀を振るった。

異変が起きたのは、その直後だった。

陽炎に包まれたように視界が揺らぎ、耳障りな音を立てて大気が軋んだ。濃霧に包まれていた空が晴れ、黄昏の光が射しこんでくる。

「常世が……！　まさか……世界の境界を斬ったというのか、刀ごときが……!?」

匣の付喪神が激しく動揺した。

土蔵の地下から続く洞窟の先は、現実世界に存在する場所ではない。特殊骨董の力によって作り出された異世界だ。だとすれば同じ特殊骨董の力で、その境界を斬り裂くこともできる。

晴が斬ったのは、匣ではなく、彼女が作り出した世界そのものだったのだ。

「だが、同じことだ。たとえ現世に帰還しようとも、我が本体を傷つけることは叶わぬ」

座倉弘務の生首を抱きしめて、匣が叫んだ。周囲の霧が濃さを増し、彼女の姿を隠していく。現実世界に戻っても、匣の本体の居場所がわからなければ、彼女を破壊することはできないのだ。このまま姿を見失ってしまえば、今度こそ彼女の暴走を止めることは不可能となる。

「いえ、同じではありません」

晴は刀を構えたまま、哀れむような口調でそう言った。

霧の中で、くぐもった悲鳴が上がったのはその直後だった。霧の中で蠢いていたのは、うち捨てられた廃家電や廃材――ガラクタとしか思えない廃棄物たちだ。

それらが磁石に引き寄せられたように集まって、不定形の生物のように霧の中で蠢いている。

その廃棄物たちの腕がつかんでいるのは、異国の装束を着た美しい娘――生首を抱いた匣の付喪神だ。

「ここにはおれの付喪神がいる。真継サキが――母さんが遺してくれた廃棄物たちが」

「よせ……やめろ……やめてくれ……我は……！」

　廃棄物たちに捕らえられた匣が、怯えた表情で懇願した。

　彼女を斬ろうとした晴が、一瞬、躊躇したように動きを止める。その隙を衝いて無数の霧の亡霊が晴を襲ってくる。霧に視界を奪われた晴は動けない――そう思われた瞬間、大気を裂いて銀光が迸った。晴の握る刀が、自らの意志で斬ったのだ。

「すみません、和泉さん」

　晴が肩を落として力なく言った。握っていたはずの刀の姿はすでに消えている。

「いや、よくやった、晴。おまえの勝ちだ」

　晴の隣に現れた和泉は、地面に片膝を突いたまま深々と嘆息した。

「あ……ああ……あああああああっ！」

　立ちこめていた霧が晴れ、娘の姿が現れる。

　彼女自身に傷はない。だが、彼女が抱いていた生首が、見る間に生気を失い朽ち果てていく。

　和泉が切断したのは匣本体ではなく、彼女が作り上げた小規模な異界――生首の老化を止めていた結界だったのだ。

「常世の外に出たことで、時間は正しく流れ始めた。不老不死の効果が失われ、座倉弘務の肉体は朽ちる――おまえの使主はもういない。そいつはもう死んだんだ」

和泉が、匣を哀れむように告げた。

十九年ぶんの時間の流れに襲われて、座倉弘務の生首は一瞬で風化し、塵へと変わった。浦島伝説の結末を彷彿とさせる姿だった。

「ああああああああっ！」

逆上した匣が、残された最後の力を振り絞って霧の亡者を生みだそうとする。

そんな彼女の身体が、ぐらりと揺れた。

匣の背後に立っていたのは、狩野だった。

彼が黒塗りの直刀を鞘に収めると同時に、匣の付喪神の姿が消える。

あとに残ったのは地面に転がる小さな玉櫛笥だけだった。

「狩野……おまえ……」

和泉が狩野を責めるように唸った。

「相変わらず、ぬるい奴らだ。これは貸しにしておいてやる」

狩野は無表情に告げてくる。地面に落ちた玉櫛笥に目立つ傷はない。狩野は妖かしとしての匣だけを斬り、匣の本体は破壊しなかったのだ。特殊骨董を憎む彼にしては、ずいぶんと寛容な判断だった。

「姿を持たない塵芥たちの王、か……真継晴、おまえは……」

力をなくした匣には見向きもせずに、狩野は地面に転がる廃棄物たちを眺め、それから晴をじっと見た。晴はその視線から目を逸らさない。

匣を追い詰めるために働いた廃棄物たちも、今はなんの妖気も発していなかった。もはや特殊骨董とは呼べない本当の廃棄物だ。土蔵の封印を解いたときも同じだった。彼らは真継晴が命じたときにだけ、特殊骨董に変わるのだ。

狩野はそれに気づいてなにか言いかけ、しかし気が変わったというふうに小さく首を振った。

「いや……また会おう、紅屋。行くぞ、宿鉄」

背中を向けて立ち去る狩野に、コヨーテを抱いた黒髪の少年がついていく。

彼らを不機嫌そうに見送って、和泉は、チッと舌打ちした。

「ったく、二度とおまえの顔なんか見たくねえよ、死神野郎」

子どものように狩野を罵る和泉を、晴は苦笑しながら見つめる。

和泉は地面に転がっていた匣を拾い上げ、やれやれ、と大きく溜息をついた。

「とりあえず、これで契約完了だな。礼を言うぜ、晴」

「いえ、おれのほうこそお世話になりました」

晴は少しだけ物寂しげに微笑んだ。

和泉たちは晴を護衛する。代わりに晴は、座倉家の遺産に含まれる匣を彼らに渡す。それが杠屋との契約内容だ。

その契約はお互いに果たされた。和泉たちが晴と一緒にいる理由はこれでなくなったのだ。

雨上がりの空を残照が美しく染めていた。夏の風が、晴の頬を撫でていく。

ほんの数日間で、様々なことがあった。祖父と名乗る人物と出会って彼らの過去の闇を知り、父親が朽ち果てていく姿を目撃した。多くのものを失って、そして自分自身については、結局なにもわからないままだった。

それだけの犠牲を払って、手に入れたものがあっただろうか——

晴がそう自問したときに、目つきの悪い長身の男が振り返って声をかけてくる。

「帰るぜ、晴。今からじゃ少し遅くなっちまいそうだが、俺の飯、喰ってくだろ？」

晴は彼を見つめて、穏やかに微笑んだ。

力強くうなずいて、歩き出す。

【弐拾捌】

渡部恭子は関西に住んでいる晴のおばだった。

もちろん本当の親戚ではない。晴の恩人である渡部老人の末娘だ。歳は四十前後のはずだが、それよりもだいぶ若く見える。晴を疎まずに接してくれる、数少ない大人の知り合いだ。

「本当にごめんなさいね」

待ち合わせの喫茶店で彼女に渡されたのは、紙袋いっぱいに詰めこまれた古道具だった。外国製の古い写真機や時計。渡部写真機店あてに送られてきた修理の依頼品だ。

「父さんがどうしても晴くんに見てもらえってうるさいものだから」

「いえ、大丈夫です。これならおれだけで修理できると思います」

困り顔で告げてくる恭子に、晴は生真面目な表情で答えた。

恭子はホッとしたように微笑んで、シロップを増量したクリームラテを啜る。

「助かるわ。まったく、お店が燃えてても帰ってこないなんて。建て直しの図面も丸投げだし、どれだけ晴くんに甘えてるんだか。困ったものよね、本当に」

「甘えてる？　おれに……ですか？」

　晴は驚いて恭子を見た。自分が渡部老人に救われたという自覚はある。彼は実の孫でもない晴を引き取って、晴に居場所を与えてくれた。それなのに晴は彼になにも返せていない。一方的に甘えているだけだと罵られても文句は言えないと感じていた。

　それなのに恭子はまるで反対のことを口にする。

「そうよ、あなたがいてくれてよかったわ。実の娘ともろくに話もしないような人なんだから。これからもお店のことよろしくね。建て直しが終わるまで不自由な思いをさせるけど」

　晴はひどく不思議な気持ちで彼女の言葉を聞いていた。喜びとも安堵とも違う、ただ目の前が明るく開けていくような感覚だ。自分をそんなふうに見てくれる人がいる、というだけで、少しだけ心が軽くなるような気がした。

「いえ、嬉しいです。ありがとう、恭子さん」

　晴は無意識に微笑んでそう言った。

　恭子が少し面白そうに眉を上げる。

「ねえ、晴くん。最近なにかいいことでもあった？」

「え？　なぜです？」

晴は首を傾げて訊き返す。客観的な事実を数えるなら、ここ最近の晴はむしろ酷い目に遭ったというべきだろう。下宿先の店は暴走トラックに潰され、親戚には命を狙われた。初めて会った祖父は犯罪者として逮捕され、実の父親の死体が朽ちるのを目の前で見た。

そして、それほど酷い目に遭ってさえ、引き継がれるものがあるのだと知った。

たとえ誰かが死んでも、その意志は残る。器物に宿って次の世代に伝わる。座倉弘務の愛情は、暴走した匣の中に残っていた。そして真継サキが残した力は、今も晴の中にある。

それを知ったから、なにかが変わったというわけではない。それほど自分は器用ではない、と晴は思う。

そんな晴の葛藤を知ってか知らずか、恭子はふわりと柔らかく微笑んだ。

「ううん、なんでもないわ。またうちにも遊びにいらっしゃい」

「はい」

うなずく晴を見て楽しそうに目を細め、恭子は伝票を持って店を出て行った。

写真機と時計を詰めこんだ重い紙袋を持って、晴は大学へと向かった。

夏休み期間ということもあって、大学の研究室は空いている。多少の騒音を出しても文句を言われる可能性は低い。工具や機材も揃っている。古道具の修理をするには絶好の環境なのだ。

大学行きの電車を待っている間、晴はふと週刊誌の広告に目を留める。見覚えのある屋敷の写真が載っていたからだ。相模原にある座倉本家の建物である。その屋敷での騒動が片付いて、すでに二週間が過ぎていた。

事件の原因となった特殊骨董の存在は世間には伏せられて、警察は、あくまでも麻薬取引に関連した座倉家と樂龍会のトラブルとして発表した。それでも高名な富豪一族の不祥事ということで、一時はマスコミでも大きく取り上げられた。

座倉義郎の取り調べは今も続いているが、すでに多くの罪を認めているという。その中には、晴に対する殺人教唆も含まれており、そのせいで晴も何度か事情聴取に呼ばれた。本格的な裁判が始まるのはしばらく先になりそうだが、本人は酷く落ちこんで反省しているという話だ。おそらくそれは事実なのだろう、と晴は思う。

樂龍会の本部にも大々的な捜査が入っているらしい。もっとも組員の大半を失った樂龍会は、すでに事実上の壊滅状態に陥っている。少なくとも晴や杠屋が、彼らの報復対象になることはないはずだ。

そして健康不安が囁かれていた座倉統十郎は、逮捕されて間もなく昏睡状態に陥り、今も病院に収容されている。座倉家の罪が暴かれることを恐れていた統十郎にとって、その現実を見ることなく眠りについたのは、ある意味で幸せなことなのかもしれない、と晴は思う。

座倉家の特殊骨董——匣については、特殊骨董処理業者組合によって、秘密裏に保管されることになった、と真緒に聞かされた。

彼女から連絡があったのは、その一度きりだ。

それ以来、杠屋の人々とは会っていない。

もう二度と会うことはないのかもしれない。晴はそう思っていた。

だから——

「ハイ、晴。久しぶり」

大学の正門前で手を振っている真緒を見た瞬間、晴は言葉をなくして呆然と立ち尽くした。

真緒はそんな晴を見て、悪戯っぽく笑う。人目を惹く容姿なのは相変わらずだが、意外にも彼女は、大学の風景に上手く溶けこんでいた。晴はそのことに驚いて苦笑する。

「本当に同じ大学だったんですね」

「なにそれ？　もしかしてずっと疑ってた？」

真緒は不満そうに目を眇め、まあいいわ、と溜息まじりに肩をすくめた。

そして唐突に晴の手首をつかんで、車道のほうへと歩き出す。

「ちょうどよかった。もうすぐ待ち合わせの時間だから」

「待ち合わせ？　なにがちょうどよかったんですか？」

「お仕事。これから伊豆まで出かけるところなの」

真緒は必要最低限の情報だけを一方的に伝えてきた。

一緒に来てくれ、とも、お願い、とも言わなかった。晴にはそんなことを伝える必要はないと、疑いなく確信している態度だった。

「仕事って、もしかして特殊骨董処理業のですか？」

晴が戸惑いながら訊き返す。そう、と真緒は当然のように答えた。

「ちょっと面倒な特殊骨董の噂があってね。大丈夫、今回はあまり危険はないはずだから」

「今回は？」

「そう。たぶん」

晴たちが横断歩道の前まで来たとき、一台の車が交差点に入ってきた。見覚えのある旧型のランドクルーザーだった。ここしばらく洗っていないのか、晴が最後に見たときと同じ場所に汚れがこびりついている。

ハザードランプを点滅させながら、ランクルは強引に歩道に乗り上げて止まった。

運転席側の窓が開いて、目つきの悪い男が顔を出す。

「偶然だな、晴。ちょうどいい、乗ってけよ」

「和泉さん？」

晴は眉をひそめて和泉を見返した。ランクルの助手席には水之江の姿もあった。彼は晴とは目を合わせず、素知らぬ顔でタブレットを弄っている。

大学を訪れた晴が真緒と出会って、彼女は和泉たちと待ち合わせをしていた。偶然と呼ぶにはあまりにも都合が良すぎるタイミングだ。まるで晴がこの時間に大学に来ることを、誰かが予知していたのではないかと思えるほどに。

「偶然って……まさか、水之江さんの力で……」

「まあいいから。乗って乗って。杠屋の人間だけじゃ手が足りなくて困ってたの。あとこれ。サインしておいて」

真緒が晴に押しつけてきた書類には、特殊骨董処理業者の就業申請と書かれていた。

我知らず口元に笑みがこぼれた。勝手に話が進んでいくことに、困惑すると同時にかすかな昂揚を覚える。

「悪いな、晴。手を貸してくれ」

強面の妖かしの男が、真っ直ぐに晴を見つめて言う。

晴は彼の目を見返して、今度ははっきり声に出して告げた。

「はい、和泉さん――」

あとがき

高校生のころに音楽に嵌まって、一時期、取り憑かれたようにギターを買いまくっていた。ギターというのは個性の豊かなやつらで、個体によって人見知りだったりわがままだったり面白みのない優等生だったり手に負えない暴れん坊だったりする。夜中にひとりで練習しているときは彼らが唯一の話し相手だったし、たまに人前で演奏するときはいつも彼らに支えてもらっている気がしていた。上手く弾いてやれなくてすまねえ、と毎回心の中で謝っていた。

付喪神の話を書こうと思ったときに、真っ先に思い出したのはそんな個人的な体験だった。付喪神という妖かしは、日本の風土に馴染むというか、すっと心に入ってくる概念だと思う。生物と無生物とか、人工物と自然物とか、二次元とか三次元とか、我々の文化ではそのあたりの境界が特に曖昧で、付喪神的なものの存在を普段から自然に受け入れている気がする。

それが行きすぎると、人の命よりも道具を大切にするような本末転倒なことが起きてしまうのだけど、勝負服なんて言葉もあるくらいだし、本当につらいときに、お気に入りの持ち物に勇気をもらった経験は誰にでもあるんじゃないだろうか。

そんな感じで『アヤカシ・ヴァリエイション』は、支え合うことを描いた作品になった。もっと恥ずかしい言葉で言えば、これは友情についての物語だ。だから、自分の作品にしてはめずらしく、本書にはヒロインらしいヒロインが登場しない。

男性同士でも女性同士でも男と女でも、あるいは人間とそれ以外でも関係なく、頼るのでも執着するのでもなく対等に支え合う関係が描けたらいいと思っていた。

最初の予定では、人間と特殊骨董(こっとう)たちがまったりとした日常の謎に挑むようなストーリーになるはずだったのだけど、思ったよりもスリリングな話になってしまって、そのあたりは少し反省している。そのぶん使主(シシュ)と特殊骨董たちの絆(きずな)は描けた気がするので、まあそれはそれで。

実は本作は相当な難産で、文庫一冊分の原稿をまるっと捨てて最初から書き直しています。そのせいで関係各所には大変なご迷惑をおかけしました。この場を借りてお詫びいたします。

そして本作を手に取ってくださった読者の皆様——本当にありがとうございました。

またどこかでお会いできますように。

三雲岳斗(みくもがくと)

この物語はフィクションです。実在の人物、団体、事件等には一切関係ありません。

本書はアプリ「ＬＩＮＥノベル」にて掲載されたものに加筆・訂正しています。

アヤカシ・ヴァリエイション

2019年 8月 5日　初版発行

著者 …………… 三雲岳斗（みくもがくと）

発行者 …………… 森 啓

発行 …………… LINE株式会社

〒160-0022 東京都新宿区新宿4- 1-6 JR新宿ミライナタワー23階
http://linecorp.com

発売 …………… 日販アイ・ピー・エス株式会社

〒113-0034　東京都文京区湯島1-3-4
http://www.nippan-ips.co.jp　TEL：03-5802-1859

印刷・製本 …… 大日本印刷株式会社

Printed in Japan　ISBN 978-4-908588-71-6　C0193

LINE文庫

ゆびきりげんまん

著:堀内公太郎　画:しおん

母親が父親との無理心中事件を起こしたことをきっかけに、叔母家族と暮らすことになった家親佳奈子。彼女が転入することになったのは、一年前に世間を大きく騒がせた《女子高生指切り殺人事件》の被害者が通っていた高校だった。殺された女子高生はホテルの一室で発見され、その小指は切り落とされていたのだという。しかも被害者は佳奈子の従兄である古手川拓也の恋人だった。いまだ犯人が捕まらないなか、佳奈子の周囲で女子高生の小指が切断される傷害事件が続き、ついには佳奈子の級友がホテルで殺されてしまう事態に。事件の裏に女子高生援助交際組織の存在が浮かび上がるが……。

世界で、いちばん嫌いな君

著：みなづき未来　画：窪木聖

——この世では、稀に100%不可能に近い出来事が起こるときがある。——

小早川栞は優等生で人気者の北条礼に告白され、自分に自信がないながらも付き合っていた。ところが、クラスメイトの黒田健太に「北条礼には近づかない方がいい」という忠告を受けてしまう。その後、事態は思わぬ展開へ———

次第に明かされていく「隠された秘密」と「衝撃の事実」が分かった時、予想外の結末が待っていた———。

LINE文庫

魔導ハッカー〉〉暴け、魔法の脆弱性を

著：鎌池和馬　画：HIMA

　神々しい輝きを放つ魔法世界。人々は魔族を圧倒し、鎖で繋いだ天空都市を青い空を抜けるほど高く飛ばし、その文明を謳歌させた。ここは秩序で成り立ち、正確無比で、すべてが美しくあると信じられている。だがしかし。その『お行儀の良い常識』を根底から覆すものがいたとしたら――？　アヤト=クリミナルトロフィー。職業、魔導ハッカー。他者の魔法へ侵入し、乗っ取り、奪い尽くす『専門職（テクニカルジョブ）』。街を襲う炎を統べるドラゴン、それ以上に恐ろしい巨大な魔導銃を握る妖艶な悪魔。混乱に耐える天空都市の隙をつき、アヤトは戦うべき真の敵を追う。彼が暴くのは、世界の闇か、真実か――。

LINE 文庫エッジ